Best Time

白 马 时 光

FEAR

来自 地下室

〔德〕德克·科布维特 著

程麒 译

百花洲文艺出版社
BAIHUAZHOU LITERATURE AND ART PRESS

图书在版编目（CIP）数据

来自地下室 / (德)德克·科布维特著；程麒译
. —南昌：百花洲文艺出版社，2018.10
ISBN 978-7-5500-2984-2

Ⅰ.①来… Ⅱ.①德… ②程… Ⅲ.①长篇小说—德
国—现代 Ⅳ.① I516.45

中国版本图书馆 CIP 数据核字（2018）第 199098 号

江西省版权局著作权合同登记号：14-2018-0204
ANGST (Fear) by Dirk Kurbjuweit
Copyright © 2013 by Rowohlt Berlin Verlag GmbH, Berlin, Germany
First published in English by The Text Publishing Company, 2017
Published in agreement with Text Publishing Company, through The Grayhawk Agency
Chinese Simplified Character translation Copyright © 2018 By Beijing White Horse Time
Culture Development Co., Ltd.
All Rights Reserved.

来自地下室 LAI ZI DI XIA SHI

〔德〕德克·科布维特 著　　程麒 译

出 版 人	姚雪雪
出 品 人	李国靖
特约监制	王 瑜
责任编辑	袁 蓉　叶 姗
特约策划	刘洁丽
特约编辑	刘洁丽　王良玉
封面设计	林 丽
版式设计	王雨晨
封面供图	视觉中国
版权支持	韩东芳　李若昕
出版发行	百花洲文艺出版社
社 址	南昌市红谷滩世贸路 898 号博能中心 I 期 A 座 20 楼　邮编 330038
经 销	全国新华书店
印 刷	河北鹏润印刷有限公司
开 本	880mm×1230mm　1/32
印 张	8
字 数	150 千字
版 次	2018 年 10 月第 1 版第 1 次印刷
书 号	ISBN 978-7-5500-2984-2
定 价	42.00 元

赣版权登字：05-2018-358
版权所有，侵权必究
发行电话　0791-86895108　　　　网 址 http://www.bhzwy.com
图书若有印装错误，影响阅读，可向承印厂联系调换。

献 给 我 的 孩 子 们

第一章

"爸爸？"

父亲没回答。他现在几乎不说话。父亲不糊涂，没有老年痴呆。我之所以这么说，是因为父亲偶尔还会开口，虽然次数极少，但明显神志清醒，思路清晰。父亲已经七十八岁了，记性依然很好，我每次来看他，他都知道我是谁。父亲对我笑了一下，跟过去一样，笑容冷淡疏离——他记得我是谁，愿意我来看他。这对我不是件小事。

"狄梵萨勒先生？"看父亲没有任何反应，科特克在一旁提醒他。有时候，父亲更听科特克的话。我会感到嫉妒吗？我承认，的确有点儿。但换个角度来看，现在每天陪着父亲的人是科特克，所以，他们关系融洽，我理应感到欣慰才对，我也的确欣慰。客观地说，科特克很尊重我父亲，我不知道他对其他人是不是同样温和友善，我想应该不会，虽然我没见过他和别人在一起。

今天父亲也没理科特克。他坐在桌子前面，一声不吭，眼皮

耷拉着，双手垂在身旁，像是睡着了。他的上半身时不时地突然
向前一歪，每次我都一惊，担心父亲的脸会撞到金属桌面，伤到
他自己。不过，他没出状况，每次身体倾斜后他会重新坐直。父
亲今天也是一样，可我还是做不到习以为常。他身体一动，我就
一惊。我看到科特克向前走了一步，又退了回去，连他都忍不住
想去帮父亲。父亲没事，我们俩都松了一口气。

　　虽然近半年来我常到这里看父亲，可看到他这个样子我依然
很难过。他穿着破旧的衬衫和长裤，没系腰带。我们给他买了新
衣服让他换上，可他坚持穿旧衣服。这也可以理解，不是吗？他
坐在那里的样子很别扭，椅子离桌子太远——我的椅子也一样。
我们面对面坐着，不像坐在一起，倒像是被桌子隔开了。现在，
虽然隔着桌子，我和父亲比以往任何时候都更靠近彼此，至少我
是这么想的。椅子不能移动，被螺丝固定在地板上，桌子同样不
能移动。

　　父亲能说话，只要他愿意，可他一直保持沉默。

　　我猜，父亲是累了，生命的漫长和生活的艰难让他疲惫不堪。
我们一直都不懂他，可懂不懂又能怎样？他必须独自去解决各种
难题，哪怕是他臆想出来的。我们不知道他一生中经历过什么。
没人能知道别人经历的每一件事。我们只是出现在自己生命中的
每个当下，而且不知不觉。那些对我们产生影响的重大事件发生
时，我们常常不在现场，甚至毫无察觉。所以，我们谈论别人的

生活时一定要谨慎。我自己一向小心。

今天早上出门前，我对妻子说，要去看一下父亲。每次探监我都这么说，妻子也用相同的说法：我过几天要去看一下你父亲。半年的时间还不足以让我们接受"监狱"一词带来的痛苦，我们必须先习惯监狱那种地方会和我们的世界联系在一起。那个词让我们感到痛苦，现在仍旧如此。

父亲七十七岁时被判入狱，在监狱里——我不想用"庆祝"这个词——已经过了一次生日。我们想让一小时的探视时间充满喜庆气氛，却没做到。用螺丝固定的金属桌椅，还有装了栏杆的窗户，似乎时刻在提醒我们，这里不是家，不适合庆祝生日。但真正让庆生会失败的原因是我。

庆生会前半小时的气氛相当好。我们一起唱《生日快乐歌》——我和妻子丽贝卡，我们的孩子保罗和法伊，我母亲，还有科特克。科特克那天为我们破了例。我们全家一起吃了杏仁蛋糕，母亲几乎为父亲烤了一辈子这种蛋糕。母亲以为能跟过去一样，用烤盘端上完整的蛋糕，她喜欢在大家的注视下切开蛋糕分给每一个人的过程。但科特克没能为我们破例到这个程度。我们要在监狱门口接受检查，我可怜的母亲，已经七十五岁高龄的母亲，眼睁睁地看着警卫把她的杏仁蛋糕一点点切碎。"我向你保证，我没在里面放刀子。"母亲故作轻松的语气让我难过。也许他们相信母亲的话，但规定就是规定。

　　我痛恨这话，痛恨别人告诉我有这样那样的规定，让合理的一切变得没有道理。父亲入狱后，我经常听到这些。

　　我们聊到过去的生日聚会——父亲入狱前——我完全没想到，自己会突然开始抽泣。起初我以为能忍住，竭力把泪水逼回去，但抽泣声反而越来越大，变成一发不可收拾的痛哭。两个孩子从没见过他们的父亲这么失控，一脸惊恐地看着我。科特克，他真是个好人，尴尬地把目光转向一旁。母亲坐在一把用螺丝固定的椅子上，她站起身，朝我走过来，但妻子抢在了母亲前面。妻子张开双臂抱住我，我把脸埋在她肩头。几分钟后，我的抽泣声平息下来。我抬起头，依然泪眼模糊，我看到父亲望着我，脸上的神情只能用感兴趣来形容，透着一股说不出的古怪。我后来经常会想起他的这副神情，却一直找不到合理的解释。母亲递给我一张餐巾纸，我为自己的失控向大家道歉，然后讲起父亲另一次生日聚会时的故事，表现得异常开心。

　　我希望时间能过得快点，我想离开这里。我们每个人都想离开这里。

　　我不应该这么说——显得有点儿过分，尤其是我父亲还关在监狱里。如果有人必须离开，那也应该是我父亲，但他不能。我们只想尽早离开，快四点钟时，我们把烤盘里剩下的蛋糕放到两个纸盘上——一盘留给父亲，一盘送给科特克和他的同事——我们一一上前拥抱父亲，走之前向科特克道了声谢谢。父亲留了下来。父亲的刑期是八年，他入狱前在拘留所羁押了六个月，再加上在特格尔已经服刑六个月，现在还剩七年。如果父亲表现良好——我们坚信他一定会——那他可能会在三四年后获释。科特克多次说过，没有比我父亲更守规矩的犯人了，这带给我们很大的希望。将来他还能过上好几年自由人的生活，我对母亲这么说。"只要他别死在那里就好。"母亲经常这么说，接着又重复一遍，"只要他别死在那里就好。"

"他身体很好。"我安慰母亲说，"不会有事的。"

"爸爸？"我跟科特克聊了一会儿，又叫了一声父亲。我就是这么打发探监时间的，来这里跟科特克聊天。而且大部分时间都是他在说——科特克的优点就是健谈——倒还真是件好事儿，算是帮了我大忙。我发现监狱的寂静令人难以忍受，在会客室里可以听到外面各种诡异的声音——我不确定是不是金属噪声，并不响亮，单调而低沉。起初我以为自己听到某种节奏，像是有人在轻轻敲打或者锉平什么东西，但过了一阵子，我发现那些声音是我自己想象出来的——像是犯人被呵斥或企图逃跑的声音。其实没有节奏声，也没有我以为听到的无声叹气——只有从监狱深处传来的各种陌生噪声。幸好科特克难听的柏林口音淹没了那些声音。他几乎干了一辈子的狱警——已经四十多年了——讲起犯人的故事滔滔不绝。我对各种犯罪和犯人的世界一点兴趣也没有，但我的兴趣无关紧要，我们的生活已经和那个世界联系到了一起。

　　科特克快速瞥了一眼时钟。他有一种精准的直觉，总能知道什么时候会面该结束了。"我们该走了。"他像往常一样说道。我心里暗自感谢他：这句话听起来像是他们要离开一个愉快的聚会，起身回家。父亲的家是牢房，科特克精心选择的措辞弱化了这点。他知道家属对这种事很敏感，我们感激他的善意。

　　科特克之前一直靠在窗边的墙上。他向前走了两步，什么也没说，伸手碰了下父亲的胳膊，这是他的标准动作——监狱里有一堆复杂固定的规矩。科特克的手势显得很正式，像是在警告犯人，逃跑的念头想都不要想。科特克对父亲再友善，他也必须履行看守的职责。但我觉得，他的手势是出于关心——他想去搀扶父亲，其实完全没有必要，父亲能自己站起来。

　　父亲起身时，我也站了起来。我们草草拥抱了一下（现在允许这么做），父亲转身离开，科特克走在他旁边。父亲比他的看守要高很多，父亲接近一米九的瘦高身材和科特克仅有一米七的矮胖形成鲜明对比。父亲的头发仍然像以前一样修剪得整整齐齐，却稀疏了很多，他的双腿由于上了年纪有些弯曲，走起路来像水手那样摇摆着身体。父亲没当过水手，他做过一阵子的机械师，后来改行当汽车推销员。

　　他们离开后，另一个看守走了进来，我不知道他的名字。他也很胖（这里的人大部分都很胖），但没那么友善，一副公事公办的模样。他陪我朝门口走去，我们谁也没说话。我终于走到监狱外的街道——汽车、小鸟和穿过树叶的风。二十步开外，我的奥迪车在我按下车钥匙的瞬间欢快地眨了眨眼睛。

第二章

我父亲为什么会坐牢？我没打算隐瞒。他被判过失杀人。

父亲的刑期只有八年，一方面是他主动投案自首，另一方面是跟其他杀人犯相比，他的动机没那么凶残。我们没有上诉。虽然我们难以接受这样的结果，但判决还算公正。父亲也同意不上诉，尽管他一度期望能判得轻些。他从一开始就很清楚，杀人一定会坐牢。他不是出于一时冲动，而是经过深思熟虑，在非常清醒的状态下动的手。

父亲的年纪并没影响到庭审——他没有精神病，也没有老糊涂——不过我觉得，法官应该还是酌情减轻量刑了。法庭希望父亲最后的日子是跟家人一起度过的。一两年后，父亲有可能减刑，我们把全部希望都寄托在"日间假释^①"上。白天，父亲可以跟我们待在一起，晚上我开车送他回特格尔^②。说到去那里时，我们都会说"去特格尔"，别人那么说，是指去机场，而我们指

---

① 日间假释：犯人白天可以离开监狱，但晚上要回监狱。

② 特格尔：德国柏林最大的一所监狱。

的是去监狱。

我必须承认，在父亲杀人这件事上我也有份。我完全可以阻止，但我不想那么做。

父亲去年9月底来看我时，我就知道他打算干什么。我记得那天天气晴朗，家里的窗户全部打开，听得到街上传来的各种声音。我们在柏林住的这片区域，路面铺的是鹅卵石，我在家办公时，车子碾过路面的声音对我简直是种折磨。妻子觉得我是过分敏感。我告诉她说，叔本华认为对噪声越是敏感的人就越聪明。

"那你的意思是说——"她说道。

"没有，"我说，"我没有这个意思。"

我们接下来的对话演变成那种让你感觉婚后生活很不愉快的交流。后来我主动向妻子道歉。这不是什么光彩的事情，但生活也许就是如此。

我在等父亲。

昨天他告诉我说，今天会来我家。父亲出门后没多久，母亲打来电话，说父亲最多再有两小时就到了。最近一段时间，这已经变成固定的模式。母亲觉得父亲不应该再开车了，要是父亲在预计时间没出现，我最好立刻展开搜救行动。我和丽贝卡跟母亲的看法一样，我们不愿意让两个孩子坐父亲的车，但父亲一点儿也不清楚我们大家的想法。他要是知道了会伤心难过的，他一直自认开车技术一流。

等父亲的时候，我在想，不知道一个开不了车的人还能不能开枪瞄准。其实不需要瞄准，父亲应该能做到。我发现自己正想象父亲开车走错了路，根本没机会证明他依然是个神枪手。只要一个小小的意外就会阻止父亲过来，让谋杀流产。我之前以为只要有预谋就算谋杀——直到事后律师告诉我说，从法律角度来看也可以是过失杀人，而过失杀人的量刑会轻很多。

事实上，没有过失杀人这回事，我要的就是谋杀。我在心里筹划很久了，最后终于变成了现实。妻子带孩子去探望岳母——简直是天赐良机。父亲开车过来这趟非常顺利，说不定是他最后一次开车了。我一直在听收音机新闻，今天路况良好，没有堵车。

几辆汽车碾着鹅卵石路面开了过去，我终于看到父亲的福特车停在我家外面。我们的房子是一栋19世纪末风格的漂亮建筑：木梁、红墙、塔楼、飘窗和天窗。我们住在一层，面积很大，高高的天花板、漂亮的灰泥造型装饰，还有通往花园的私家通道。我家上面是二层，另外还有阁楼和地下室——总共住了四户人家。

我打开门，看到父亲站在外面，心想，不知道他把枪藏在了哪里。父亲通常把枪放在左胳膊下的枪套里，也可能放在小旅行包里。他过去常随身携带一个皮质小袋子，就像抽烟斗的人装烟斗、填塞器和烟叶的那种袋子，只不过父亲的袋子里装的是瓦尔特 PPK 手枪 ①，也可能是格洛克手枪 ②或柯尔特左轮手枪 ③。有一年圣诞节时，我们全家送给他一个袋子，我和母亲、姐姐、弟弟一起送的，不过我忘了具体是哪一年。父亲用了一段时间，我猜是为了安慰我们，让我们看到他喜欢这个礼物，没过多久他又用回原来的枪套。照他的想法，把枪掖在胳膊下更方便，因为拔枪更快。袋子需要拉开拉链，浪费的那几秒钟宝贵时间有可能害他丧命。我猜父亲应该是这么想的。

父亲穿了一件格子上衣、灰色纯棉长裤，脚上那双鞋子看起来舒服、耐用、平稳。我猜他是希望被捕时能留下一个体面的形象——不是一个冲动杀人的恶棍，而是一个清楚自己行为后果的成熟男人。更重要的是，这个男人做了一件正确的事，即便其他人并不这么想。

我们彼此问好时又像过去一样，不知道该握手还是拥抱。父亲犹豫着伸出右手，我在就要握住他的手时改了主意，就在同一刻父亲也改了主意。我们把手收了回去，用几乎没有身体接触的方式拥抱在一起，没有拥紧，没有碰脸，分开时匆忙避开彼此的目光。那已经是当时我们对彼此最友好的方式。父亲进门后，我煮了一杯浓意式咖啡给他，他从袋子里取出自制的果酱——樱桃

① 瓦尔特 PPK 手枪：德国瓦尔特公司于 20 世纪初研制的一款半自动手枪。该枪主要用于装备德国的便衣警察。
② 格洛克手枪：奥地利格洛克有限公司研制生产的自动手枪。
③ 柯尔特左轮手枪：一种手枪类小型枪械，其转轮一般有 5 到 6 个弹巢，子弹安装在弹巢中，可以逐发射击。

酱和柑橘酱。我心想，母亲真是酷爱做果酱啊，连这个时候也没忘记给我们带果酱，不过当妈的都这样。我们在厨房的桌子旁坐下，聊了聊孩子们最近的情况。孩子是我和父亲的安全话题——我们之间的话题不多。当天晚上，我们看了一场足球赛：拜仁对不莱梅。我们喝了半瓶红酒，然后各自上床睡觉。我们谁也没提迪特尔·提比略。

第二天，父亲坐在沙发上看《汽车与运动》杂志。和往常一样，他每次来我家都会带一堆杂志。他可以看一整天杂志，我觉得里面的每一篇文章他都会读。每次看望父亲之前，我几乎会买下半个报刊亭，大部分是关于汽车和枪支的杂志，还有一些政治类杂志——父亲对政治很感兴趣。对父亲来说，一个人坐在牢房里阅读的日子，也许没那么难熬。没人打搅他，他不会因为花太多时间阅读而没能陪伴家人而感到内疚——比如对他的妻子，比如，很久以前，对他的孩子们。

父亲来我家的第二天，什么事也没发生。迪特尔·提比略躺在地下室里。我听不到他走动的声音，但他家的马桶不时传来冲水声，所以他一定在家。事实上，他一直都在家。吃晚饭时，父亲给我讲解汽缸盖技术发展史，或许是化油器技术——我记不清了——然后是以色列人在约旦河西岸的新定居地。他又详细讲述了中东地区的历史，父亲喜欢读历史书。我们喝光了剩下的红葡萄酒，接近午夜时，关于巴以冲突的话题父亲已经全部聊过一遍，然后我们各自上床睡觉。我很惊讶，父亲在等什么？虽然我们没有明说，但是他来我家的原因再清楚不过了。我们全家人早已心照不宣。总不会是我理解有误吧？

第二天一大早，我起床后去外面的花园。最近几天没下雨，我打开洒水器，开始浇草地、花坛和灌木丛。我期待听到一声枪响，让一切结束，但我只听到鸟儿的鸣叫声，还有汽车偶尔经过时，碾过鹅卵石路面的隆隆声。我绕到公寓楼外面，特意经过地下室。地下室总共有四扇窗：左边是迪特尔·提比略的卧室窗户，中间是厨房窗户，右边两扇是客厅窗户，分别在公寓楼的正面和侧面。四扇小小的窗户紧贴着地面。迪特尔·提比略生活在阴暗中。我没看到他，如果我弯下腰，应该能看到他，我当然不会那么做。说不定他看见我的脚了，我不确定。从现在算起，他的生命大概只剩下十分钟。

我回到公寓，看见父亲正坐在厨房的桌子旁，面前摆着一支手枪——瓦尔特 PPK 手枪，口径 7.65 毫米的勃朗宁自动手枪，这是我后来从起诉书上了解的。检察官非常热衷于展示他的枪支知识。尽管我有一位枪械迷的父亲，我却一支枪也没有。我对手枪一无所知，也不想知道。

我问父亲要不要喝杯浓意式咖啡，他说好。起床后我就启动了咖啡机，让它预热。这款意大利产的多米塔咖啡机的造型十分漂亮。我拧开咖啡过滤器，把里面的小号滤纸换成大号，我也想喝杯咖啡。我把过滤器放到咖啡研磨器下，按下研磨按钮，研磨器开始轰鸣。咖啡粉慢慢掉落到过滤纸中，直到装满。我用花梨木手柄的金属捣实器压了压咖啡粉，拧紧过滤器支架，把两个杯子放在喷嘴下方，然后按下启动键。咖啡机开始轰鸣，棕色的咖啡泛着亮光注入咖啡杯——永远让人赏心悦目的一幕。"你和你的浓意式咖啡情结，"妻子说道，"有时会略带嘲笑意味。"我对很多事物都有一种强迫性的迷恋，不要说其他人难以忍受，连我自己也受不了。我和父亲沉默地喝着咖啡，桌上的手枪像个金属问号。我们真要这么做吗？

接下来发生的事情完全可以引用起诉书中的内容：上午八时四十分左右，被告赫尔曼·狄梵萨勒（也就是我父亲）离开其子伦道夫·狄梵萨勒的家，随身携带一支其合法拥有的瓦尔特PPK手枪，他走到地下室，通过敲门或按门铃的方式让租客迪特尔·提比略打开房门，然后从近距离朝提比略的头部开了一枪。提比略当场死亡。

我打了报警电话，父亲让我打的。我们无论如何都会坚守一条原则：不会疯狂逃亡，不会掩盖罪行。我们决定接受法律后果。即便此刻我们也不会改变，这一点我相当肯定。

接电话的警察是雷丁格警长，他的语气几乎可以用亲切来形容。他认识我，知道我住哪里——过去几个月他没少来，甚至觉得我们的案子有点可笑。听我说有人死了，他立刻变得严肃起来。我故意模棱两可地说："我要报案，有人死了。"

"你妻子吗？"雷丁格警长问，我听得出他声音中的惊慌，我承认，我感到有些满意，经历了种种不相信后，警察终于意识到我们处境危险。

"不是。"我说，"谢天谢地，不是我妻子——是迪特尔·提比略。"

电话里沉默了几秒钟，我很想知道雷丁格警长此刻在想什么。

"我们立刻过去。"他说。

父亲整理好随身行李，穿上格子夹克，又坐回厨房桌子旁，面前摆着那支瓦尔特PPK手枪。我又端了一杯浓意式咖啡给他。父亲回自己家前，我们有时也会像现在这样一起坐会儿——母亲常常在场，父亲来我家时，母亲一定陪着——可笑的是，我现在说的话也是每次必说的："东西带齐了？确定没落下什么？"

父亲去洗手间最后检查了一次，发现他的剃须泡沫忘拿了。

"不用带太多东西。"我说。

"说不定都用得上。"他说。

我突然想到，监狱可能不允许犯人用刮胡刀，因为里面有刀片——我对监狱一无所知。这时，门铃响了。门外是雷丁格警长和他的同事瑞普沙弗特，两个人我都熟。他们是最先赶到的，其他人随后陆续到了：穿警服的警察、穿便衣的侦探、医生、法医和病理学家。

父亲告诉雷丁格警长，他开枪打死了地下室的租客，然后他什么也没再说，在整个询问过程中一直保持沉默。警察没给父亲戴手铐，也许是因为他的年纪，我很感激他们。父亲被带走前我们拥抱了彼此，这一次的姿势终于对了。我们平生第一次饱含爱意地久久拥抱着对方。我们抱在一起时，他在我耳边说了一句外人无法理解的话："我为你感到骄傲。"听起来像是告别，一位即将入狱的父亲跟儿子说了句心里话。父亲以前从没对我说过这句话，事实上，连类似的话也没有。也许他想告诉我，在迪特尔·提比略出现前，他一直认为我是成功的，一个百分百的成功人士，而迪特尔·提比略不过是我生命中的小插曲，完美的一枪后，小插曲迪特尔·提比略画上句号，现在一切都结束了。他想告诉我，尽管长期以来我们疏于交流，但他看到了我的成功，希望我能沿着现在的人生轨迹继续走下去。我猜，他那句话想表达的是这些。

第三章

我眼中有泪水吗？我没感觉到。我写下最后几句话时，有那么一会儿，我以为自己哭了，但我错了。也许，我眼眶有点儿湿润，视线有点儿模糊，但我没哭，没有眼泪。我坐在书房的桌子旁。现在是晚上十一点钟，孩子们早就上床睡觉了。丽贝卡几分钟前跟我道过晚安，吻了我一下，摸了摸我的面颊。"继续忙吧。"她在门口转头对我说——这句话她最近常说。也许她心里有点不安，她不懂我为什么要记录这些，或者我到底要写什么。

我告诉她，那个东西压在我胸口，我必须把它写出来。我们心照不宣，"那个东西"是提比略谋杀案。我对妻子说的是实话，也许不是全部实话，有些部分我省略了——最重要的部分。是的，我们深谈过很多次，关于那些可怕的事情，悲伤、愤怒和恐惧层层堆积，混杂在一起。我们的婚姻也曾岌岌可危，但最终经受住了考验。不过，有些事情我说不出口。

我从来不是一个健谈的人。爱说话不是件坏事，总之，健谈不是缺点。我说话前会先认真倾听，面对人群讲话时总让我浑身不自在，但我还能应付得来。讲话不是一件难事，我也不是沉默寡言的人。我想说的是，我不是一个爱聊天的人，不会说个不停。对我而言，说话不像走路，是一件自然而然的事——走路虽然也花体力，毕竟没那么困难，有时还令人身心愉快。也许这才是我记录那个东西的原因。我写的是全部真相，包括我没有告诉丽贝卡的一些事。

坐在这里，感觉真好。外面的街道十分安静，没有汽车碾过鹅卵石路面的隆隆声。邻居家的汽车——全部是大型汽车，有的简直是巨型车——停在路边，像兄弟姐妹一样依偎在一起。为什么近几年来汽车变得那么大？跟人一样高，跟卡车一样长。既然汽车变成了四个轮子的舒适场所，人们是不是可以不要房子了？这些令人沮丧的想法来自一个以建造房屋为生的男人，一名建筑师。也许是我喝醉了胡思乱想，虽然我给自己定下规矩，每次不能超过半瓶黑标葡萄酒。我今晚只喝了一杯葡萄酒，但14.5%的酒精含量让我有些醺醺然。

胡说，我没喝醉。我看着窗外的街灯、煤气灯——笔直的绿色灯柱，装饰得恰到好处；玻璃柱头；小小的金属罩；柔和温暖的灯光。有人提议将街灯全部换掉，因为跟电灯比，煤气灯危害环境。也许他们说得对，但我们反对这一提议。我们没有成立维权小组——我们不想为了一条街道小题大做——但反对提议的那位放射科医生收集了我们所有人的签名，我当然也签了。我个人认为，街灯带给我们的不仅是光亮，还有温暖。在我看来，自从人们第一次围坐在火堆旁以来，光亮就等同温暖。光亮让我们感到舒适，不再寒冷。可电灯，尤其是那种新式灯泡，只会让你感到寒冷。

我听到嗒嗒声——狗爪子踩在木地板上的声音。我们家的狗从孩子们的床上跳下来去厨房喝水——本诺是罗得西亚脊背犬，一条强壮的大狗。本诺没有受过攻击训练，但它让我们感到安全。楼下的邻居死后我们仍然感到紧张不安。现在不会了。如果不是因为迪特尔·提比略，我们不会养本诺。

我之所以记录整个事件，是因为写下来比说出来容易些。但是，在我写下对妻子隐瞒的细节前，我必须先交代清楚事件的起因。人已经杀了，是我们筹划已久的谋杀，同所有犯罪行为一样，是一连串的事件导致了这一后果。我想讲述事件的全部过程，不仅包括我对妻子隐瞒的部分，也包括如何从正确角度理解我所隐瞒的细节。坐在这里用文字记录的感觉真好，看着窗外的煤气灯，看着温暖的灯光投射在邻居家屋外的大型汽车上。夜晚，灯光下的街道看起来如此宁静。放射科医生的客厅里不时闪过电视机发出的灰光。

和父亲一样，我也喜欢读历史书，对历史学家常会掉入的陷阱自然也再熟悉不过。当你回顾重要历史事件时——例如世界大战——每件在此之前发生的事情似乎都指向它。你几乎可以肯定，大量偶然的事件最终导致了一场无法避免的战争。我，伦道夫·狄梵萨勒，四十五岁，建筑师，已婚，两个孩子的父亲，决心成为记录我自己生活的历史学家，不希望掉入那种陷阱。从另一方面讲，重大事件不会凭空出现——一定事出有因。它必然有一段演变发展史，往往可以追溯到数十年前。我认为，它永远由两者构成：可能性和必然性。如果我们在购买公寓前见过迪特尔·提比略，我们就不会买——这点毫无疑问。我们没见到他是可能性。我认为，他的死和我个人历史中的某些事件有关。我不否认这一点。

第四章

　　我实在不想这么写，因为听起来过于老套，但我的生命起源于对战争的恐惧、对武器的恐惧。1962年10月，我还在母亲肚子里，父亲买了几箱罐装食物和瓶装水，把它们堆放在地窖里，准备应对即将到来的核战争。那时古巴导弹危机①刚刚开始，我的父母天真地以为他们能在地窖里安然度过核弹攻击。他们计划在地窖里待上几天，等到大火熄灭，核辐射减弱，他们就可以在被战火蹂躏过的世界里和女儿——我姐姐那时刚一岁——还有儿子——应该会出生在地窖里——一起生活下去。

　　那是柏林一栋高层建筑的地窖，不过是木栅栏门后面一个脏兮兮的地洞，我父母用来存放自行车和家里放不下又舍不得丢掉的东西，虽然不值什么钱，但是寄托了很多感情。杂物中有一套基础百科全书，出版社每个月会寄来一本新书。这套百科全书收录的内容没什么参考价值，但包装精美奢华，难怪价格令人咋舌。

① 古巴导弹危机：1962年10月冷战时期，美国同苏联、古巴之间爆发的一场极其严重的政治和军事危机。

我祖母被上门的推销员说动了，给她的儿媳妇订阅了这套百科全书，我母亲虽然上过九年学，却丝毫不为百科全书的华丽包装所动，全部堆进了地窖，打算等需要时再挖出来查阅。我相信我父母把土豆也存放在了地窖里。不过，这里并没有成为我的降生地，我是在医院出生的。10 月 30 日我脱离母亲的子宫时，核弹危机已经解除了。赫鲁晓夫两天前宣布将从古巴撤出导弹。肯尼迪的坚持取得了最终胜利。

这些事件是否影响了我的命运？我命中注定是一个生活在恐惧中的人吗？不，我父母的看法完全不同。对他们来说，我是一个在和平中降生的孩子，象征着希望。母亲回忆起那段日子时开玩笑地对我说，赫鲁晓夫的退缩让你过上了幸福和平的生活，母亲说到那些事时总爱用开玩笑的口吻。母亲认为，赫鲁晓夫在更深层意义上是为了她和她的家人退让的，母亲一点儿也不觉得她的想法有什么不对。

当发生古巴导弹危机，全世界面临最终毁灭时，我在母亲肚子里也许只是个巧合。问题在于，导弹危机事件是否始终影响着我的人生。毫无疑问的是，导弹危机让母亲恐惧——她当时住在柏林，冷战的前沿城市。即便苏联人饶过东德，没有摧毁柏林，那么美国人为了消灭东德也一定会炸毁这座城市。无论导弹来自西面还是东面，结果完全一样——我的父母都会成为战争的牺牲品。

我认为，孕妇的恐惧会加倍——一半为自己，一半为腹中的孩子，她想保护我却无能为力。由于行动不便，她更加脆弱。我在母亲肚子里时，她的情况就是如此。我不知道母亲的恐惧心理会对胎儿造成什么影响——我没读过相关文章——但可以确定的是，绝不会毫无影响。说实话，之前我一直没想过这些。直到遇见迪特尔·提比略，我偶然想到我的生命跟战争有某种关联，我才开始仔细思索这件事。我们是不是太怕他了？我们的恐惧来自哪里？我自己的恐惧是不是源自胎儿时期母亲的恐惧？可照这么说，1962 年下半年出生的人都是带着恐惧降生的，我相信这绝不可能。

即便现在我也坚持认为，我有一个正常的童年——没有多少零用钱，偶尔打个架，书念得不错，有慈爱的父母和友善的姐姐，不久后又多了个弟弟。我们住在柏林西北的新住宅区，红色塔楼间有草坪、运动场和当地足球俱乐部瓦克 04 的体育场，我参加青年队比赛时还在那里进过球。尽管我们居住的小镇位于冷战中心，但我父母显然不认为这里有危险，我记得自己常常独自搭乘公共汽车，那时我绝对不到十岁。十岁生日后不久，我父母买了一套半独立式房屋，我们搬到了柏林北郊。搬家让我儿时的记忆更加清晰，我清楚地记得哪些事发生在搬家前，哪些事是搬家后才发生的。

搭乘公交车绝对是搬家前的事儿。我忘了为什么小时候常常搭公交车——下次应该问问母亲——我经常搭乘那些淡黄色的双层巴士。公交车进站时，我总能抢到头一个位置，然后冲上狭窄的楼梯，坐到上层的前排座位。坐在其他位置上看不到车子向前行进的路，如果前排座位已经有人了，我就不上车等下一辆。前排座位有最好的视野，像是坐在移动的悬崖边缘，有时候会让你的肚子有轻微的刺痛感，那感觉简直太棒了。

我记得从公共游泳池回来时的漂白水味，抱着薯条袋的手指指尖有灼热感，在德美欢庆节吃到生平第一个汉堡包（比麦当劳早多了）。我记得当地图书馆里的安静和借的书逾期时我的内疚。

我也记得搭乘地铁时，地铁直接驶过东柏林空荡荡的站台，从不停靠。在站台的黑暗处，我看到沙袋和手持步枪的士兵，这也成为我第一次噩梦的场景——我搭乘的地铁被困在那里，所有的乘客都必须下车，走向无边无际的黑暗。那时的东德给我的印象是：地铁车站的黑暗和勃兰登堡门①周围的空旷。

我父母带我们去过勃兰登堡门，弟弟、姐姐和我，我们一起爬上观景台，朝墙的另一面张望。那里一个人也没有，空荡荡的广场，空荡荡的街道。儿时的我无法理解这一切。为什么东德要堆起沙袋，建起瞭望塔，竖起一堵高墙，还让士兵到处巡逻？而他们除了废弃的地铁站、空无一人的广场和街道，没有任何需要

---

① 勃兰登堡门：位于德国首都柏林的市中心，最初是柏林城墙的一道城门，因通往勃兰登堡而得名。

保护的东西。那堵墙后面一定有些坏东西——我从父母的谈话中得出这个结论。可到底是什么坏东西呢？我不知道，事实上，我也不关心。没有经过那些空落落站台的日子里，我不会想起那堵墙，也不会想起父母对我说过的话，那堵墙是敌意的象征。

只有一次，我亲自体会到什么是父母口中的敌意。大概是在1969 年或 1970 年，我应该八岁左右，签署过境协议的几年前，那时去东德旅行不是件容易事。我们要去探望母亲的父母，我的外公外婆，他们住在伍珀塔尔。我去过外公外婆家一次，那次是坐飞机去的。我父母往福特车里放行李时，我注意到他们很紧张，特别是父亲，他紧张时脾气总是特别坏。母亲摆放袋子和背包时，父亲朝我大吼大叫，又伸手把姐姐从后排座位上拖下来，说她太早上车。父亲负责把所有东西拿到车子旁，母亲一件件放进车里，他们总是分工合作。父亲有力气，母亲有技巧和乐观精神，把一辆车塞到不留任何空隙显然需要后者。

父亲满头大汗——不是因为搬运行李，东西早就搬完了，而是因为在一旁看母亲摆放行李。福特车的弹簧和减震器渐渐下陷，而我们房屋外的停车场上还有袋子。我记得停车场大部分是空的，某个有远见的人为未来的汽车时代设计了这个停车场——汽车时代后来也真的到来了。现在的柏林几乎找不到停车位，即便我家这条人口并不密集的街道也一样。父亲转身走开了，看着母亲一直往汽车里面塞东西让他实在受不了。这不奇怪——一旦事情变得棘手，父亲常常选择走开，不过他总会回来。我们知道父亲向来如此，所以一点也不担心。

母亲把最后一件东西——她的化妆盒——塞进福特车，然后转头去找父亲。我、姐姐和四岁的弟弟站在福特车旁，看着我们的父母在停车场另一端交谈。姐姐玩着小辫，弟弟吸着拇指，我把手插进口袋。我们听不见父母在说什么，但我们知道他们谈完时会怎么做。母亲把父亲抱在怀里，过了片刻松开手，他们手牵手一起走了回来。

我们沿着高速公路行驶，我注意到父亲还是很紧张。我们排队等待通过东德边界检查站时，父亲又开始冒汗。一个头顶硕大军帽的人出现在车窗旁，说我们必须下车。我们下车后，他又让我们把所有东西拿下来。

"所有东西吗？"母亲问，像这种场合父亲不会说话，也说不出话来。

"所有东西。"戴军帽的男人说。

母亲说："那好吧，所有东西。"

我开始感到害怕。我害怕这个命令我们的男人，我也害怕父亲会开枪。父亲不会赢，这点我非常清楚，因为外面站着很多戴军帽的人。他们佩戴着手枪——我已经注意到了——有的人拿着步枪或机枪。父亲总是随身携带一支手枪，但我不知道那天他没带枪，除非是疯了，没人通过东德边界哨卡时会在身上藏一支手枪，更不要说他的妻子正坐在副驾驶座，三个孩子坐在后座上。所以，我的恐惧是毫无来由的。父亲不可能开枪——他根本没带枪。几年后，我从母亲那里得知，事实上，当时的确有让我们感到恐惧的原因。父亲不能没有枪，于是他下班后留在汽车专卖店的车库，花了几小时为福特车焊制了一个秘密隔间。他在隔间里放了一把左轮手枪，这很好地解释了他为什么特别紧张。

你要知道，排在我们前面和后面的人也很紧张，他们正从汽车里往外拿东西或者把东西重新放回去。当时的场面非常可怕。我们三个孩子注视着我们坚强的母亲，她平静地取出费了很大力气才塞进车里的东西，而父亲几乎什么忙也帮不上，也许是因为恐惧，也许是因为愤怒，或者两者都有。父亲机械地照母亲的吩咐去做，尽管从车上把东西拿出来比塞进去要容易得多。接着，那个男人命令我父母打开行李箱。母亲顺从地照做，父亲则倚在副驾驶座旁，脚踩着柏油路，双手抱着头。在两名戴军帽的男人的注视下，母亲从行李箱里取出长裤、衬衫和裙子，她只能用左手，因为右手要搂着我弟弟，弟弟已经开始大哭了。

有时候，应该说次数并不算少，我们会在家里举办晚餐聚会。其实就是大家聚在一起吃个晚饭，但我们一直用"晚餐聚会"的说法，刚开始是故意用这么浮夸的词，后来反而是为了遵循传统。有一次晚餐聚会时，我们聊到尊严的话题，我说起了母亲。我讲到母亲蹲在我们的行李箱前面，把一件件衣服拿出来，先让边境卫兵看一眼，然后堆在箱子旁边。她一次又一次地重复同样的动作，包括她的内衣。她沉着冷静地拿出一件又一件的衣服，举到边境卫兵眼前，再放到一旁。她的小儿子在她身边哭泣；丈夫垂头丧气地发着呆；女儿想上厕所，已经快憋不住了，可又不敢开口说；而她的大儿子害怕在下一个胸罩或下一件衬衫的下面，会露出一支枪。母亲把行李箱里的东西向卫兵全部展示完后，开始重新装箱整理，再次把所有行李塞进福特车，保持着同样的水准和乐观态度，似乎很享受整个过程。父亲没看她——他已经坐在车里，两眼直视前方，目光越过边境检查站。母亲收拾完所有东西，跟卫兵们礼貌地说了声再见，祝他们心情愉快，然后上了车。汽车以每小时一百公里的速度向前驶去，完全依照限速标准。

讲到这里时，一位客人打断了我，他是一家电影制片公司的导演，他说："几十年来，西德人经过东德地区时总是特别守规矩，因为害怕受罚，他们选择顺从听话。即便到今天，西德人在东德地区也是这样，害怕被抓进去关起来。"

"你是东德人？"另一位职业是医生的客人问。

"不是。"导演说。

"我是。"主持深夜文化节目的一位电台记者朋友说，"我同意你的观点。一旦越过边境，西德人跟东德人没什么两样。我们德国人喜欢服从。"

听着大家的热烈讨论，我感到非常恼火。我讲述当年在东德边境的经历，是想告诉大家，母亲当时是多么沉着冷静——我从没想过她的行为是顺从的表现，应该受到大家的谴责。记者朋友最后说道，我母亲的做法，可能是通过服从权威来显示自己的尊严。所有人都表示同意，那天晚上我终于感到稍微好受一点。

我还记得，我们从边境检查站到外祖父母家连续疾驶了五个多小时。姐姐早就憋不住了，吵着要上厕所，但父亲不肯把车停在任何一个东德路边停靠点。我一路上都在担心姐姐会尿裤子。跟外祖母相处的那几天，还有之后我们去荷兰海边度假时，给我印象最深的是我姨妈说的一句话，她在家庭聚会上说："伦道夫从不说话。"这句话我后来听很多人说过，包括我妻子。

第五章

　　我最美好的童年记忆——我的童年是指住在公寓的日子——是去父亲工作的福特车专卖店。一开始他只是一名汽车修理工，不过我去那里找他时，他已经是汽车推销员了。引用不久前父亲刚对我说过的一句话，"他为我感到骄傲"，那时的我为他感到骄傲。我自己搭乘公交车去汽车专卖店，我喜欢那个地方，喜欢汽车崭新的光泽，还有混合着金属、皮革和橡胶的气味。我觉得汽车跟野兽很像，它们总是一动不动地待着，但眨眼间就开始疯狂追逐。

　　父亲管理着这些大型猛兽，其实我很清楚，他只是协助管理。专营店的管理者是我父亲的老板，一个叫马舍夫斯基先生的人，他是店主的儿子。父亲管理着整个店面的大小事——汽车、客户和销售人员。我喜欢看他从一辆车缓步走到另一辆车——从旅行车开始，走过领事、卡普里和格拉纳达，然后是天蝎座和蒙迪欧。父亲知道所有关于这些车的事——包括市面上福特车的所有最新款。在 20 世纪 60 年代，如果有人能讲解汽车的各种知识，人们常常会发出惊叹声——或许因为他们是第一次听到，再或许，他们还没有丧失对工业技术的敬畏。在我眼中，父亲不是一名汽车推销员，他是个令人惊叹的人，从某种意义上说，他像个魔术师。

我还想说的是，每周六带我去杆枪俱乐部射击场的人也是我父亲。之前我成功地阻止了他把我培养成一个猎人。六岁时，我和父亲坐在高处的隐蔽地点等待鹿的出现，我除了哭就是哭，最后他只好带我回家。问题是，如果我不能成为猎人，我就必须成为一名射击运动员。于是我们每周六沿高速公路一直开到万塞，下高速路后再沿着铁轨一路向南，汽车后座上放着一个带挂锁的皮箱。

我不太记得射击场的样子，也不想重返那里找回童年记忆。仔细回想的话，我记得那里有间木屋，可以买到香肠之类的食物，旁边有两三个枪支射击场和一个弓箭练习场。在射击场的第一个小时没那么难熬。父亲一个人去练射击，我在弓箭练习场闲逛，看弓箭手射箭，帮他们把没射中的箭捡回来。射箭场很安静，我喜欢那里。等到父亲来射箭场找我回射击场时，噩梦开始了。

我前面的架子上放了一个沙袋，因为我力气小，握不住手枪。我那时大概八九岁，个子高但很瘦。我戴上耳罩，父亲动作轻柔地往手枪里装好子弹，再把枪交给我。我一拿到枪就开始恐慌，感觉我会伤到或杀死一个人——包括我自己。即便戴着隔音耳罩，我仍然能听到清晰的枪声——令我胆战心惊。子弹的后坐力震得我胳膊猛地一抖，非常疼。开枪前父亲会纠正我的姿势。子弹射出后，他总要训斥我一番，怪我犯了这样那样的错误，再过一会儿他就会开始发火——父亲不是一个耐心的老师。隔音耳罩让我听不见他说的话，我又不想摘下来，因为左右两侧不断传来枪声，所以我根本不清楚他要我怎么做。我只好看着他的脸，他的脸色变得越来越难看，从不耐烦变成了愤怒。

有时候父亲气极了，会扔下我一个人走开——比如我开了三四次枪还不能正确呼吸——吸气、呼气、吸半口气、屏住呼吸，再比如子弹射出前一秒我胆怯地缩起身体。我一个人无助地站在射击场，四周全是戴着护目镜的大人，他们盯着靶子，目光专注，一言不发，神情木然，对我的悲惨遭遇既没多看一眼，也没心思去管。我心想，也许这些人正被训练成杀人犯。父亲当然会回来，他早晚会回来，但并不会让我在射击场的感觉好受些。回来后他的态度会稍微缓和一些，然后一切又重来一遍：先是我无法理解他的话，他的脸开始扭曲，脸色越来越难看，终于从不耐烦变成愤怒——或者说是震怒，愤怒通常用来形容人类，而神灵生气时是震怒，无所不能的父亲在我眼里就是神——一个震怒的神——战神阿瑞斯。我无处可逃，我不得不开枪，于是我扣动扳机。有时我真的射中了靶子。

经历一番痛苦折磨后，我们会坐在木屋里休息。我吃着香肠，喝着柠檬水，父亲喝着啤酒——永远只喝一杯——擦拭我们用过的手枪。木屋里还有其他人，不过通常只有我们父子坐在一起。父亲不是——现在也不是——一个爱交际的人。他来射击场是为了射击，不是跟人打交道。

有时候，木屋里也有女人，她们总是让我感到十分不安。在我读过的故事书和漫画里，女人不会射击——她们一出现就会跟男人接吻，我觉得既难为情又厌烦，因为她们打断了我喜欢的故事情节。对罪犯的追捕被迫中断，男主人公必须先完成那些可怕的亲嘴。所以，出现在射击场的女人让我很是疑惑。为什么她要走过来敲我们的木头桌面？她想让父亲干什么？父亲也敲敲桌面，于是那个女人转身走开，去敲其他男人的桌子。最后，她在转角处的圆桌旁坐下，那里的说笑声永远最大。我会一直看着她。

父亲擦手枪和喝啤酒时，说起准备送我一支手枪——手枪价格昂贵，所以既是我的生日礼物，也是圣诞节礼物。这将是我的第一把枪，属于我自己的枪。父亲说起各种手枪时声音非常温柔，我虽然早已忘记了那些手枪型号，可围绕我们那一桌的美好气氛我一直记得。我和父亲讨论适合九岁孩子使用的各种小型手枪的优缺点，我完全忘记了每周必须经历一次的痛苦，全身心感受着父亲对我的喜爱和赞许。

尽管在任何情况下我都不想要一支手枪，但我喜欢父亲幻想的美好画面。他可以想象出各种奇妙的事情，而且越说越激动，仿佛那些事情已经全部实现了。尽管不到一小时前我在射击场上的表现令他失望——而且每周如此——然而父亲已经在幻想有一天我获得了德国青年锦标赛手枪项目的冠军，这让他非常开心。我仿佛看见自己双手高举着奖杯的画面。

我最喜欢周日跟父亲在树林里散步，那是我最开心的时候。我们全家一起出发，大约半小时后父亲开始迈开大步，越走越快，我是唯一能跟上他步伐的孩子，姐姐和弟弟落在后面，跟在母亲身边小跑。等到最前面只有我们父子两人时，父亲会构想我们将来一起去旅行的地方。而且，无一例外，全部是冒险之旅。父亲小时候读过很多冒险故事，幻想有一天能成为一名冒险家。父亲之所以还没有一次历险经历，我很清楚是什么原因：他没有探险的同伴。不过，事情很快就会改变。我今年九岁，明年就满十岁了。十岁就是个大孩子了，完全可以开始第一次冒险。我跟在父亲身边，听他描绘着我们未来的旅程，我已经准备好陪他一起去冒险了。

我们会登上高山，山顶白雪皑皑寒风刺骨，必须躲进帐篷，裹紧特制的睡袋；我们会进入荒野，除了水牛（有时我们会猎杀一头水牛——我们父子俩都是神枪手——夜晚点起篝火烤水牛肉），几天见不到一个人影；我们会进入峡谷，驾驶独木舟在急流中穿行。我屏住呼吸，聚精会神地听着。我从图书馆借过很多历险故事书，读了一遍又一遍，逾期了也舍不得还，而父亲口中的冒险之旅比那些故事还精彩。父亲的故事让我想到，我也可以拥有充满冒险的人生——或者去经历冒险的事情。

第六章

我有一个快乐的童年，事实的确如此——我唯一的困扰是练习射击。母亲有时会用木头衣架揍我，在我们那个年代，男孩子挨揍是再平常不过的事。比如在学校表现不好，试卷上写着红色的不及格，为了不挨骂而冒充母亲的笔迹签了名：已阅，1972年4月14日，伊丽莎白·狄梵萨勒。我擅长伪造签名，不过偶尔也被抓到，那时候木头衣架就派上了用场。

对了，父亲没打过我——揍我的只有母亲。我没觉得自己被虐待。我所有的朋友都经常挨打，大人全是这么教育孩子的。我长到十七八岁时，跟母亲起了几次冲突，我讨厌母亲揍我，怪她不该这么对我。后来我发现用这招对付母亲很有效，她会后悔打我，对我感到愧疚——于是童年的皮肉之苦反而给长大的我带来了好处。我自己的教育理念更倾向于引导而不是指责。我从来没有打过我的两个孩子，虽然有时候我差点忍不住要动手。

我记得应该是1972年9月的一个周六早上，我对父亲说，我不想再跟他去射击场了。之前我一直没有胆量说，可我的十岁生日眼看要到了，最晚圣诞节我就会收到一支手枪。从此之后，我再也不可能摆脱每周的射击练习。"你觉得那样一支手枪要多少钱？"父亲常问我这句话，对一个在经济窘迫的环境下长大的孩子来说，这是一个非常沉重的话题。

很长一段时间以来，我一直以为家里的经济状况不好是因为汽车推销员的薪水低，即便父亲具备魔术师的能力。汽车推销员赚得确实不多，父亲的基本工资虽然很低，但加上销售提成也能让我们一家过上体面的生活。我家经济问题不好的真正原因是父亲一直在购置枪支——手枪、猎枪和左轮手枪。父亲从没告诉过我们他有多少支枪，连母亲也不知道。20世纪80年代时，母亲猜他至少有三十支枪。

我家不富裕，所以我们不能每年都去度假。我记得放假时我总骑着自行车在我家附近闲逛，看看有没有跟我一样没去度假的男孩，这也是少数几件我对父亲心存怨念的事。他应该多带我们去几次海边，比如北海的阿姆鲁姆岛——学校组织我们去过一次，我们大家沿着白色的大沙丘往下滑；或者去荷兰的海滨度假胜地诺德韦克，我们和母亲的家人去过那里。其实十到十五支枪就足够了——即便对父亲这样的人来说也够了。父亲不仅喜欢枪，而且需要枪。

不过，父亲理解——用"理解"一词，完全是为了照顾他的情绪——他的大儿子不想成为一名射击运动员。他问我为什么不想跟他去射击场,我虽然害怕,但还是立刻答道:"一点儿也不好玩。"父亲看着我,没有生气,但非常失望,然后一个人开车去了射击场。我再没去过射击场,父亲也再没要我跟他一起去。虽然我怕得要命,但父亲并没有因此惩罚我,他没有冷落我,我们在树林中散步时他仍然讲故事给我听。我们未来辉煌的冒险经历没受影响,我仍然是他的探险同伴,至少我印象中是这样的。

多年后,从我儿子那里我才知道,当年父亲对我不肯去射击场有多失望。保罗五岁时,父亲给了他一个靶子,一个十五厘米乘十五厘米纸板,边缘淡黄色,正中央有个用白色细线等距离划分的黑色圆圈。纸板上有六个小孔,有的小孔重叠在一起,都在黑色的圆圈内,全部接近靶心。"爷爷说,你枪打得很准。"保罗把靶子拿给我看。我接过来看了一眼后立刻还给了儿子,转身离开了房间。父亲把这个靶子珍藏了整整三十五年。

我不记得自己曾经是名优秀的射手,我记得我的恐惧,我记得父亲的震怒。这些才是我的童年记忆。

我拒绝练习射击后又过了几周,我发现姐姐每周六上午都不在家。我问母亲,她告诉我说,姐姐跟父亲去射击场了。我觉得很奇怪——姐姐不是个女孩吗?我并没为此感到烦恼,也许姐姐能学会射击,可她不能成为父亲的冒险同伴,这一点我非常肯定。

我的童年值得提的事情不多。朋友们来来去去,先是讨厌女孩后来又喜欢女孩——羞涩的亲吻，简短的情书。母亲有时用木头衣架揍我，有时陪我们玩好几个小时的游戏：中国跳棋，掷骰子，挑木棒。父亲坐在沙发上阅读。我只记得一些模糊的片断：洋葱图案的橙色壁纸，绿色的窗帘，收音机里传来沙哑的声音，一位重要人物去世了——好像是阿登纳，二战后的第一位总理，但我不确定——学生们和警察在街头起了冲突，这让父亲又惊又怕。那一定是1967到1968年间的事，威利·勃兰特①当选后不久——我记得经常听到他的名字，还有足球运动员弗朗茨·贝肯鲍尔。我们家没电视，所以我都是去朋友家看体育新闻集锦，对了，还有《星际迷航》。母亲把寇克船长和斯波克②胸前的符号缝在我们衣服上：她用纸板剪出边缘参差不齐的黄色三角形，再包上布。我记得学校组织我们搭乘飞机去汉堡旅行时，泛美航空公司空姐的蓝色制服，还有以色列运动员在慕尼黑奥运会期间被恐怖分子杀害后的纪念仪式。我记得自己打过几次架，忘记是因为什么了，也接受过学校心理辅导员的测试（没有任何异常——只有一个术语我当时不太明白：抑制型攻击）。"没什么问题。"学校心理辅导员告诉母亲。"没什么问题。"母亲告诉我。

我有一个正常的童年——这点我非常肯定。母亲教我念祷告词，每天晚上我为自己的幸福生活而感谢上帝，祈祷他让我继续

① 威利·勃兰特（1913—1992年）：1969—1974年任联邦德国总理。
② 寇克船长（即詹姆斯·泰比里厄斯·寇克）、斯波克，系列科幻电影《星际迷航》中的角色。

拥有这种生活。后来，因为我和父亲相处得很不愉快，让我有时候觉得自己的童年没那么幸福。我不想承认父亲给了我一个快乐的童年，可这么做不仅愚蠢，也不公平。我参加和平运动那些年曾经非常痛恨武器，我觉得当年父亲周末带我去射击场是一种虐待儿童的行为。

当你回忆往事时，如果当年你觉得开心，你有权利说自己的童年不快乐吗？我相信你没有。我的确非常讨厌射击场，但也不过是几个周六而已，不是有很多父母把自己的爱好和兴趣强加在孩子身上吗？练习射击又有什么不对呢？毕竟是奥运比赛项目啊。谁又敢说去网球场或溜冰场的那些孩子不痛苦呢？

不，我不接受自己拥有不快乐童年的说法——倒不是说一直有人对我洗脑，除了几年前我看过的一位治疗师，当时我的身体出现了一些状况。他说我看待事物的方式不应该太正面。我后来几乎没再去过。

第七章

我们买这套公寓时，两个孩子一个两岁，一个五岁。我们和其他三位业主在一楼喝了杯咖啡，地下室的业主也来了，不到六十岁的样子，是一家洗衣店的经理，看穿着他应该能买得起更好的房子，而不是一套又脏又小的地下室。其他几位业主年纪更大，他们说这里很久没有孩子跑进跑出，是该热闹一下啦。他们非常友善，但没有人告诉我们，地下室的业主不住在这里。

你可能会问，为什么一个建筑师自己不盖房子，而要买一套公寓呢？尤其我又是专门盖私人住宅的。自己盖房让我觉得有压力，我害怕会跟其他人一样，把自己家弄得一团糟。当然，钱也是个问题。我想盖的那种房子是我完全负担不起的。微薄的预算撑不起精彩的创意，我太了解那种难过的心情了。

我的客户来找我谈建房想法时，预算常常高达一百万欧元，还不算土地价格。他们想要三百平方米的使用空间，能望见窗外景色的挑空楼层，一层正面外墙贴石板，主卧卫生间配高级木雕独立浴缸。单单一个浴缸就要九千欧元，往往第一轮削减预算时就会被忍痛放弃。第二轮需要割舍的是石板和挑空楼层，就这样一点一点妥协，最后我的客户定下来的方案是两层共两百二十平方米的使用面积，大概需要四十五万欧元（不含地价），比他们最初的预算多了五万欧元。他们想方设法——或者从银行勉强贷够钱，或者从爸妈那里提前预支遗产份额——我的客户最后终于搬进一栋新古典风格的房屋，里面有一两处奢华的设计——比如圆形转角。我实在不想经历这种预算压缩再压缩的过程。

我们搬进新家的六周后，我第一次见到迪特尔·提比略。我妻子已经见过他好几次了。她告诉我说："那个人有点奇怪，但很友好。""你说奇怪是什么意思？"我问。妻子只是耸了耸肩，我也没把这事儿放在心上。一天晚上，我下班回家，误按了他家门铃，我第一次见到了他。他爬上楼梯，打开前门。不，不是打开，而是猛地拉开。

"你肯定不是找我的。"他说。

我没明白他什么意思，只是看着他，什么也没说。他应该有四十岁了，体形壮实，动作灵活，矮胖但不臃肿，像一个退役的体操运动员。他有一个大脑袋，头发全部向后梳，高高的前额和头发有点像猫王。他眼睛里有些东西让我感到陌生和厌恶。我没办法准确地描述出来——有狡猾的成分，这一点我百分百肯定，还有不快，也许是因为我打扰了他，但他看我的眼神中绝没有威胁的意味，既不野蛮也没有恶意。也许他眼睛里流露出的是求生的意愿，还有恐惧——我真的不知道。也许这些只是我现在的想法。其实我和他只近距离接触过几次。

"对不起。"我说。

"没关系。"他咧嘴一笑。

我上楼梯，敲了敲我家的前门。我感到震惊，我当时的感觉就是震惊。我立刻觉得买这套公寓是个错误，尽管迪特尔·提比略看起来并不可怕，也没有威胁性——他真的没有。也许用"不寻常"更准确。迪特尔·提比略看起来很不寻常。虽然这绝不会成为一个人不想当他的邻居或者害怕他的理由，可我偏偏就是这种人。

我们对他一无所知。他显然没上班，妻子告诉我，每次他出门，回家时手里一定提着超市的购物袋——不是我们附近的两家有机食品超市，而是廉价折扣店。他房间的窗帘总是拉下来，晚上可以看到电视的光亮透出来，有时甚至能听到声音。他的电影欣赏水平还不错，没有烂片，都是好莱坞经典影片。他是达斯汀·霍夫曼的影迷——我经常听到《毕业生》《霹雳钻》《窈窕淑男》或《雨人》中的片段。

最初几个月，什么事也没发生，我放下心来，他对我的妻子和孩子们亲切友善。有一次他在自己电脑上播放了一段动物短片给我儿子看；我妻子没反对，我自然也不会有意见。他会烤饼干，在我们门外放了一盘，附有一张字条：请好邻居品尝。我们吃光了饼干。迪特尔·提比略擅长烘焙，这点毋庸置疑。孩子们开始喜欢他。我家客厅在公寓楼正前方，星期天我们吃早餐时，总看到他九点钟离开家，一个半小时后回来。我们猜他星期天会去教堂礼拜。我们只在圣诞节去教堂，我也的确在圣诞节当天看到他跟我一样高唱"啊，多么欢欣！"他站在楼上的中殿，我看见他时，他正扶着栏杆朝我们看。

1月时，妻子告诉我，迪特尔·提比略常常送烘焙食品给她和孩子们。她回家时，他会用门禁为她打开前门。

"好像他在特意等我。"妻子说。

走进前门，妻子常常看到我家门垫上放着一盘蛋糕或比萨饼。她感觉像是被人时刻监视着。

"要我跟他谈谈吗？"我问。

妻子想了想说："不用，他只是想表示友好。"

现在，我为当初没能及时介入而自责，或许事情就不会发展到日后失控的局面。当然了，或许我介入了也不能改变什么。即便如此，我当时也应该尝试一下的。

2月11日，我在日记中记录了预示危险开始的第一起事件。地下室的后面是我家的洗衣房。有一段时间，迪特尔·提比略一听到我妻子在洗衣房晾晒衣服的声音，就会从公寓走出来。他会跟我妻子聊天，态度友善愉悦，我妻子起初并没觉得别扭——做枯燥家务时有个伴儿也不错。可有一天，她从洗衣机里拿出一条内裤拉平时，迪特尔·提比略说："你穿一定很好看。"他这么说简直不可思议，不仅极为无礼，也令人非常反感。我妻子没理他。迪特尔·提比略换了个话题，我妻子把剩下的衣服晾好，装作什么也没听见。当天晚上，妻子告诉了我这件事，我当时真应该冲下去质问迪特尔·提比略，可我没有。我到家时很晚了，妻子已经上床准备睡觉，等我上床时她才跟我讲。我听了非常震惊，说明天一早就找他谈一下，可我没有——我犯下的又一个错误。

2月19日，我妻子在门垫上发现一封信，是一封情书，当天晚上她拿给我看。信上的笔迹像是孩子写的，但工工整整，没有错字。迪特尔·提比略写道，我妻子非常美丽、非常友好，他爱她；他是在福利院长大的，对感情特别敏感。这实在太荒谬了——我忍不住大笑起来。一个肥胖、丑陋、矮小的男人竟然会爱上我美丽聪慧的妻子。在接下来的七个月里，我们说了和做了很多事情，同我们自认为的形象完全相反，完全不符合我们所谓的开明的中产阶级价值观。一切从这一刻开始——恶毒的语言和傲慢的态度最终演变为野蛮的行径。

我认真思索过儿童福利院对迪特尔·提比略童年的影响。这种经历会让他比普通人更危险吗？因为艰苦的环境让他知道如何生存下来，或者让他更不具危险性？因为他没有家人可以依靠。我不知道答案，也无法给出答案，我不认识在国家福利机构长大的人，不过我确信迪特尔·提比略意识到他越界了。他在信中提到他的成长环境，我解读为他是在向我们道歉，我自信能对付得了这种人。我拿着信去地下室，敲了敲他的房门，没有任何动静。他的房间里悄无声息。我没听到电视的声音。我按了门铃，大声喊他的名字——没人回应。我确定他在家——他晚上从不出门。看来他是害怕，躲起来了。这让我更加放下心来。我从一开始就低估了迪特尔·提比略。

2月22日。门垫上有一本给丽贝卡的书，弗·司各特·菲茨杰拉德的《了不起的盖茨比》。我不明白他是什么意思，一点头绪也没有。我一直看到深夜，没找到任何线索。

3月10日。丽贝卡打电话到我办公室，听她的声音就知道她心情不好。提比略又写了一封信，说他经过我家门口时，听到有人说"脱掉裤子"。他认为我们很可能是在虐待孩子。他在儿童福利院时受过性虐待，因此"对这种事很敏感，也许是过于敏感"。我告诉妻子，我现在就回家找提比略谈一谈，问他想干什么。"我已经谈过了。"妻子说，"我狠狠地骂了他一顿。"那个可怜的浑蛋算是吃到苦头了。

今天我为自己写的这些话感到羞愧。我那时并没多想，因为我妻子大吼大叫的情景，我再清楚不过了。

那天我还是立刻回了家。秘书帮我叫了一辆出租车，我匆忙冲到路边，焦急地等着车子。上车后我在想，要不要揍迪特尔·提比略一顿，可我十岁以后就再没打过人，除了和弟弟闹着玩时互相捶几下。尽管我早就没再参与和平运动，但我一直相信暴力无法解决冲突。在出租车里，我心想，一定要骂他一通。可我从没大声训斥过任何人，连对孩子也没有。当事情不尽如人意时，我常常变得更为冷静——我从来都不是一个大吼大叫的人。我心想，说不定我说话时声音可以大点，让他知道我很生气，也许这样他就能明白我们的态度。

他的荒谬指责起初让我非常生气，可还没到家我的气就消了，甚至觉得有些轻松。因为他的这种荒谬行径反而让他没有危险。

我后来在日记中写道，他一定是个疯子。我没察觉到危险迫近，只感到尴尬和不安。

从简单的一句"脱掉裤子"能联想到性虐待的人一定是个疯子。任何一个有小孩的家庭，每天会说十几遍这句话。没有人会因此指责我们，还用这么荒谬的理由。可我们能跟拥有这种想法的人继续住在同一个屋檐下吗？他真让人恶心。

我下车后直奔我们的公寓。我先抱了下妻子，然后抱了抱两个孩子，孩子们不知道发生了什么事，只是看到爸爸下午回家感到很惊讶。妻子已经平静下来。迪特尔·提比略来过我家了，向妻子再三道歉，说不知道自己怎么会说出那种混账话。他有时会突然情绪化，大概是从小的成长环境造成的。他只是想和邻居好好相处，以后绝对不会再发生类似的事情。

"我应该跟他谈谈吗？"我问妻子——又一个错误，我不应该让妻子来决定。她刚发过脾气，再加上提比略不停地说抱歉，她的火已经消了，她觉得他已经知道自己错了。于是，我想当然地接受了妻子的看法，没有下楼去找他。

在接下来的五周里，什么事也没发生，我们相信自己做对了。我们用理智的方式处理了一段不愉快的小插曲。我们有时听到《窈窕淑男》里的片段，或者冲马桶的声音，但没有烤饼干，没有书籍，也没有写给我妻子的信，迪特尔·提比略再没有出现在我们的视野中。

第八章

4月15日，我飞去巴厘岛参加婚礼，途经法兰克福和新加坡。我自己一个人去的，没带妻子和孩子。因为我们之前商量过，五天的行程，单程就要飞十四小时，对小孩来说太折腾，何况还有六小时的时差。不过，我必须承认，我喜欢一个人旅行。我们当然可以找人帮忙照顾保罗和法伊，可我不想这么做。如果我没记错的话，是我说这么累的旅行不适合带小孩。丽贝卡觉得有道理。

我现在必须讲述一下迪特尔·提比略事件发生时，我和妻子的关系。我们的婚姻关系，确切地讲，遭遇了一些问题，可能是我造成的。我们没有到婚姻破裂的地步，没有不断争吵，没有摔门而去，没有负气离家，没有彼此怨恨——统统没有。简单来说，结婚多年后，我从婚姻中抽身脱离了。但我没有疏远孩子，我是一个疼爱孩子的父亲，喜欢陪他们玩游戏、聊天，享受跟孩子们在一起的快乐时光。我疏远的其实是婚姻本身——我和妻子的关系。

我不知道是怎么开始的。我相信每个人都不知道一件事是如何开始的，直到面具脱落，秘密就此曝光，但我们的情况并非如此。最恰当的说法就是，长时间以来，我一点一点脱离了婚姻生活。当我意识到事情开始不对，我尝试过解决我们的问题——我发现，每当有人问我"家里还好吗"，我的回答明显与事实不符。因为一般人的答案通常会是"很好"或"非常好"，同时不忘露出一个愉悦的笑容。这也是我的答案，不真实的答案。

一天晚上，真相在赫丁露出一角。赫丁是一家米其林星级餐厅，每张餐桌旁都坐着几个心情愉悦的人，赫丁的美食会让你立刻开心起来。只有一张桌子旁坐着一位客人，他看起来同样很开心，一个人独享着美食。他点了六道菜：花椒海胆配菠萝、鲍鱼、二十年陈酿米酒烧鲈鱼配阿尔巴松露、酸橙鹧鸪配甘蓝、神户牛肉配甜菜根和佩里戈尔松露，最后一道是焦糖百香果栗子——每道菜都附带侍者推荐的葡萄酒。那个独自用餐的人取出一支软铅笔，在一沓纸上写写画画。他画的是房屋草图，笔尖在纸上迅速移动。他看起来很满足，一副怡然自得的神情。虽然他对面的椅子是空的，但他似乎并不在意。因为那个男人就是我。

那天晚上，我第一次感到情绪低落，别人都是成双入对享受这段美好时光，我却只有一个人，似乎有些奇怪。而此时我的妻子正坐在家里看书，照顾熟睡的孩子们。那时我才意识到，我不喜欢和妻子在一起，我在逃避她，我最开心的时刻是独自一人或者跟孩子们在一起。我没再往下想，小心避开了这个念头。我把鲍鱼壳带回家，外壳上是黑色和珠光色的图案，看起来价值不菲。"一个日本客户送我的，他打算搬到柏林。"我对妻子说。我不知道鲍鱼跟日本有什么渊源，也不知道为什么要说是日本客户。我从来没有过日本客户。丽贝卡很喜欢鲍鱼壳，她什么也没问。

　　我独自外出用餐有一段时间了。在我的婚姻生活还算幸福美满时，我就开始一个人出去吃饭。为了赶工期，我有时被迫工作到深夜。我吃腻了比萨饼或亚洲菜，于是就去离办公室不远的小餐厅，坐在那里边吃边画草图，有时候我也带上笔记本电脑。没过多久，我又吃腻了小餐厅的东西，那里的菜式从来不换，而且老板根本不是意大利人——他是一个假扮意大利人的保加利亚人。我对保加利亚人没有任何偏见，不过，既然我吃的是意大利菜，我还是希望在餐厅看见的是意大利人。我希望他们用意大利语说"请"和"谢谢"，或者"谢谢，医生"，虽然我不是医生。那个保加利亚人每次都带着意大利口音愉快地问候我，可自从我知道他是保加利亚人后，我开始找其他更好的餐厅，然后档次越来越高，直到我变成了一名美食鉴赏家。这是个奢侈的爱好，事实上太奢侈了，但我不在乎。我没有告诉妻子晚上我在哪里。她以为我在办公室或者附近的意大利小餐厅。不过，她很奇怪我们的存款为什么越来越少。

　　我在家时同样躲着她。我下班回家后，不会去厨房陪她一起削胡萝卜或土豆，而是直接去孩子们的房间。原因显而易见，孩子们一整天没见到父亲，我当然要去陪他们。这的确是实情，但对我来说，孩子们是——这些话很难启齿——我的盾牌，让我不必跟妻子独处。我看着她，假如我真正在看她的话，我不会被她的美丽所打动；我听她说话，假如我真正在听的话，我一个字也没听进去。是什么在驱使我远离？是什么驱使我远离我曾经深爱的女人？

　　我知道，"我不知道"不是个好答案，不过我只能从这里讲起。我的逃离有些莫名其妙，令人费解，也解释不清。是不知不觉间开始的；我不是故意逃离，也没有任何原因，我只是离开了。开始时，我甚至没感觉到我在逃离。手机让我们可以远离彼此又不会失去联系。收到妻子充满爱意的短信会让我很开心，如我在卢娜或斯特兰兹餐厅等待侍者端来下一道菜时，或者我盯着250欧元的账单内心充满怨恨时，算上小费的话一餐要270欧元——给小费可不能小气。我会回复丽贝卡同样充满爱意的短信。我并不孤独——一个有家的男人绝不会感到孤独，即便他独自一人，因为他知道可以随时回到亲人身旁。从这个角度来说，孤独算是一种乐趣。

　　吃过晚饭后，有时我不会直接回家，而是去酒吧喝一杯内格罗尼酒。我会跟酒保聊一聊我的家人——聪明可爱的孩子和美丽贤惠的妻子——我不想让酒保感到疑惑，为什么我没和妻子一起来酒吧，我会说我住在法兰克福，是来柏林出差的，很想念妻子什么的。叮——我收到一条短信：今天好累。亲爱的，你继续努力工作吧，上床前记得吻我。"是她。她现在要睡了。"酒保帮我调制下一杯内格罗尼酒时，我说道，然后我们两人一起微笑。

"坚不可摧"是我喜欢用的一个词。"我们有自己的问题。"我会这么说，无论是对酒保，朋友，还是熟人。"我们的关系时好时坏。我们大家不都这样吗？不过有一件事我百分百确定——我们的婚姻是坚不可摧的。"这是一个强有力的词——意思是绝对一致，永恒不变。用这样一个词来形容婚姻实在是愚蠢，尤其是今时今日。两个人有缘聚在一起，各自做喜欢的事情，关系疏离、感情平淡、相安无事。婚姻不再是神圣不可侵犯的。传统习俗已经没人遵守，我们只能靠自己找到解决方案。

我和丽贝卡没能找到解决方案。我回家时，说话更轻柔，姿态更谦卑。我身材不高，反应不快，不喜欢出风头，也不感情用事。就像现在，我从前门走进家里——拥抱一下妻子，照例问候几句，然后去孩子们的房间。哪怕保罗和法伊已经睡了，我也不会去跟妻子聊一聊。我会坐下来看书。又一个没有任何交流的夜晚，但我们依然在同一片屋檐下，我在心里对自己说。我们的婚姻依然坚不可摧。每当我意识到我的婚姻正慢慢死去时，我就用这个强大到可怕的词来坚定自己的信心。

第九章

　　我是一个安静的人，当我沉浸在自己的世界里时可能几天不开口，没人跟我讲话也无所谓。在阿姆鲁姆的五天时间里，我一直沉浸在自己的世界里，我在泥滩和沙丘上漫步，在咖啡馆和餐馆里画草图，和服务员简短交流——多一个字也不说。一个人的生活让我感觉自由自在。我一直认为，自己是唯一一个不会让我感到无聊的人。我还认为，唯一不会产生误解的对话就是跟自己对话。我陷入这种狭隘的认知而无法自拔。我真是个傻瓜。

　　其实没人觉得和我妻子在一起会无聊。她比我聪明，比我认识的任何一个人都要聪明。她幽默健谈、充满创意、个性阳光温暖、举止温柔优雅、走路姿态飘逸。我在家工作时常被丽贝卡吓到，她总是无声无息地走到我身后，把手放在我肩头。她在家里喜欢穿高跟鞋，可我一点也没听到她的脚步声，况且我家铺的是木地板。当然了，我工作时会非常专注，可是在木地板上踩着高跟鞋，有几个女人能做到几乎悄无声息？有人曾这样形容诗人安娜·阿赫玛托娃，"她走路时不会触到地面"，我妻子也是如此。

丽贝卡的声音不好听，又高又尖，但也不是什么大问题。我们平日的小争执也不严重——更多是在争论而不是争吵——而且很快结束。

"伦道夫伦道夫伦道夫。"丽贝卡说，如果重要的事情说完，再多说一句就会伤害彼此的感情时，她会边说边摇着头。"丽贝卡丽贝卡丽贝卡。"我说，这时我已经面带笑容，声音中同样带着责备和原谅——我也边说边摇头。或者我先说"丽贝卡丽贝卡丽贝卡"，然后她说"伦道夫伦道夫伦道夫"。我们总是用彼此应和来表示和解——我们依赖这种方式。

我们的问题并不仅仅是些日常口角。我个性平和，但温暖阳光的妻子有时会彻底失控，像自杀式炸弹一样突然爆发。这种比喻虽有失厚道，却十分贴切，因为她发火时，平日里那个令人愉悦的丽贝卡彻底被炸飞，我被她的怒火烧成了灰烬，即便只是暂时的。我说不清触怒她的原因是什么——往往都是些可笑的小事。

例如，有一次我说新年当晚要去慕尼黑出差，因为第二天一大早我约了客户。我觉得丽贝卡不会介意的——通常前一晚的聚会过后，新年当天什么事也做不了。你的醉意还没完全消失，边坐在电视前看滑雪，边想着今天要不要早点上床，新年下的决心要不要现在就开始付诸行动。新年当天，每个人都像平常日子里的我，沉默寡言，想着自己的心事。没人想要聊天或者陪伴家人。

可丽贝卡听了我的话非常生气，她从椅子上弹了起来，伸直胳膊，用手指着我。"怎么能在新年时丢下家人？到底还有没有底线？"她大声质问我，几乎在尖叫，满脸通红，脖子上青筋暴露。看她的样子我就知道这时没办法跟她理论。

我必须承认，我被她的突然爆发吓呆了。我整个人僵住了，肌肉紧绷，心脏狂跳，大脑似乎就要炸裂。我感到害怕和恐惧。我想逃跑，却一动也不能动，我想说话，嘴巴却张不开。我的身体瞬间石化，内心却有怒火在熊熊燃烧。

只有摔烂东西，丽贝卡才能让自己平静下来。玻璃杯被她摔在地板上，盘子被她丢向墙壁。她原来总是从厨房或客厅的水果碗里拿橘子往墙上丢，让橘子爆裂开来。丢橘子的代价是昂贵的，因为我们喜欢家里保持整洁漂亮，事后总是请专业装修人员更换壁纸或者粉刷墙面。所以我们现在已经不买橘子了。丽贝卡每次一摔完东西就会平静下来，把我紧紧抱在怀里，充满爱意地抚摸我的头。"对不起。"她在我耳边轻声说。过一阵子我才能慢慢松弛下来，说没关系，然后帮她收拾摔碎的东西。

丽贝卡不会常常发脾气，每年大概两三次的样子。我们有时会聊起她突然发怒的事，丽贝卡和我一样毫无头绪，也不知道怎样才能避免发作。我们想到的解决办法就是我必须忍耐她的暴怒。

"你能做到吗？"她问。

"当然能。"我轻吻她，但不可否认的是，当我和妻子在一起时，一旦气氛不太融洽，我就会感到紧张，我可能会努力表现，避免触怒她。我不喜欢这样的自己。

"她的突然爆发让我跟她有了隔阂。"我和弟弟坐在布鲁姆的吧台前时，我对他说道。布鲁姆是一家位于温特费德广场附近的老酒吧，店面不大，弟弟来柏林时我们总是去那里喝几杯。

"那不是她的错，是你的错。"他说。

"她为什么要朝我发火？"我问。

"因为你一直在逼她。"

"要不是她冲我发火，我也不会疏远她。"我说。

"别这么干了，"弟弟说，"别再一个人消失不见了。"

"我没有消失不见。"我反驳道。

"你有，你一直这样。"他说，"我们小时候你就这样。我们一起待在客厅，妈妈在桌子旁陪我们玩游戏，然后你就没影儿了。"

"这要怪爸爸，"我说，"我不愿意跟他待在一间屋里。"

弟弟接下来的话激怒了我，"你跟他一样"。我跟父亲不一样——即便我们一样，我也不想听到这句话。

我用手推了一下弟弟的肩膀，没太用力，但也不轻。他也推了我一把，比我下手狠多了。我左手端着的内格罗尼酒洒了出来，溅到我裤子上。我放下酒杯站起身，把弟弟从凳子上拽了起来；他衬衫上的两粒扣子飞了出去。我们扭打到一起，酒保迅速冲过来分开了我们。

"你们最好离开这里。"酒保说。

我们结账后离开。一出酒吧门，我们俩就抱在一起大笑，然后去下一家酒吧接着喝。我们一杯接一杯地喝着内格罗尼酒，一直喝到天亮。

我睡到中午才起床，看见弟弟坐在厨房喝咖啡，我妻子在旁边帮他缝衬衫扣子。

"你不用告诉他，我们有着同样的基因。"我对妻子不快地说，她老把这话挂在嘴边，"反正他心里也这么想。"

"又来了，又来了。"弟弟说。

我站在厨房门口没动。妻子放下衬衫、纽扣和针线，走过来抱住我。

"我爱你们的基因。"她说。

我伸右手搂住妻子的腰。弟弟走了过来，把我的左手放在我妻子的肩上。

"这样才对，"他说，"你瞧。"

第十章

迪特尔·提比略事件的前几周，我和丽贝卡几乎处于无视对方的状态。我的妻子已经放弃挽回我。她不再问："你怎么了？"因为她总是得到同样的回答："没事。"这是最糟糕的回答，应该被写进婚姻法，明令禁止使用。这个回答从不是真的，只会让对方感到无助。"没事"两个字让你无从下手。

我希望跟妻子少讲话，我们的确很少说话了。一方面，我们的沟通变成一种模式——或者说，我的沟通变成一种模式。另一方面，我少讲话的希望成真了，而且变成了习惯。

我们婚姻的奇特之处是，即便在冷战期间，我们仍然拥有美满的性生活。或者应该说，我拥有美满的性生活，这一点我是过了一阵子才明白的。我极为迷恋妻子的身体，既恐惧又狂喜，那种迷恋没有底线，没有自我。我在床上变得爱讲话，言语有点粗鄙，喜欢说表达爱意的话——过去爱她，以后爱她，她是唯一，不会有其他女人。即便我们关系最糟糕时我也对她这么说，我说的也许是真心话，这些话我不仅仅在做爱时说，情欲消退后我也对她说。

我飞往巴厘岛的前一周，我们做爱后妻子突然问了我一个问题："你刚才跟谁上的床？"

"你啊。"我不解地回答。

"不是我，"她说，"你不会跟一个整天视而不见的女人上床的。"

"我心里没有别人。"我说。我说的是真的，我没有外遇，没有性幻想对象。"你觉得我有别的女人吗？"我问丽贝卡。

"没有。"她说，"你没有别的女人。"

我转过身，手放在她的背上。"我没想过别的女人，而且也没有别的女人可想。晚上我没回家时，真的只有我自己。"我说，暗自为我的忠贞不渝感动。

"我知道。"丽贝卡说。

"你怎么知道的？"我问。

她说，她上周跟踪过我，看见我去了卢娜餐厅。

"你在监视我吗？"我生气地问。

她说，她想知道我为什么对她失去了兴趣，于是有一天晚上她跟着我，看见我坐在一家昂贵的餐厅里，独自一人，周围是一对对夫妇和情侣。这个孤独的男人，她的丈夫，非常缓慢地把一块香肠送到嘴边，目不转睛地看着香肠，仿佛在欣赏美丽的花朵——然后香肠消失在他嘴里，他闭上双眼咀嚼香肠，一脸狂喜的神情。丽贝卡不断提到"香肠"两个字，她说得没错，那天晚上我在卢娜餐厅享用的第三道菜是自制小牛肉香肠，搭配瑞士甜菜叶和黑松露。

我眼前出现一幅悲伤的画面：我的妻子，穿着棕色风衣，站在卢娜餐厅窗外，看着她的丈夫独自一人享用一道道美食。我想象那是个下雨的夜晚，让画面更加伤感，可我不知道那天是不是真的下雨了。

"你知道接下来发生了什么吗？"丽贝卡问道，我的手依然停留在她背上。"你吃完香肠后拿起手机，给我发了一条短信：'还在工作，爱你，吻你。'"她开始哭泣。

"我没说谎。"我说，"我当时在画草图。"

"我相信你没说谎。"她轻声说，"我相信你。不过，"她继续道，"我不知道哪种情况更糟，看到你和另一个女人在一起，还是看到你自己一个人。"

"对不起。"我说。

她坐起来，用手指着我。"哦，不对，我知道。"她说，她的声音尖厉刺耳。"我知道哪种更糟，是我看到你对面的那张空椅子。你宁愿要张空椅子，也不愿意要我。"我的心跳开始加速。"如果是一个有胸有屁股的女人坐在那里，"丽贝卡尖叫着，"哪怕是全世界最棒的胸部和屁股，至少我可以去跟她争。可我跟张空椅子没办法争。我不知道要怎么跟空椅子争。"她抓起床头柜上的闹钟，朝墙壁扔了出去。

"妈妈？"

法伊抱着玩具羊出现在门口。丽贝卡跳下床，跑过去抱起法伊。我看着她们消失在门口，接着听到耳语和歌声。虽然我妻子的声音尖锐，唱歌却很好听。

十五分钟后，丽贝卡回到床上抱紧我，用手抚摸我的头发。

"你不是跟我做爱。"过了一会儿，她平静地开口说，"你是和自己做爱。你跟自己达到性高潮，而我只是你的工具。"

"不是那样的。"我吃惊地说。

"嘘，"丽贝卡说，"我是说，一个美丽的工具，就像斯特拉迪瓦里小提琴 ①，非常高贵，非常珍贵。你对我，就像小提琴大师对待他的琴——激情、热情、温柔。你非常温柔。不过，如果躺在这里的是另一个女人，你同样会无法自拔，因为重点是你，而不是女人。"

我想要反驳，丽贝卡竖起手指放在唇边。"嘘，"她说，"我们要睡了。"

那天晚上我很久都无法入睡。我想证明妻子错了，却什么证据也想不出来。早上我问她是不是不喜欢跟我做爱，她说："哦，

---

① 斯特拉迪瓦里小提琴：从维奥尔琴发展而来，主要特点为琴肩倾削、侧板宽大、琴背平薄，用六根弦来调音。

没有，我喜欢跟你上床——至少到目前都很棒。"

我情绪低落地去上班，不过心情很快就好转了。因为有太多东西让我感到安心。至少我们的性生活非常和谐，至少我们的假期和圣诞派对非常棒，至少我爱我的妻子，至少曾经爱过，至少我们一家四口组成了一个幸福的家庭——我们过去真的很幸福。我们一家人在一起时非常开心，孩子们没发现我常常消失不见。

婚姻的问题在于会有很多不同的版本。如果我想相信我们之间一切都很好，我就回顾那些愉快的片段，得出婚姻美满的结论。如果我想证明逃避我妻子的行为是正确的，我大可以回顾那些不愉快的片段，选择不同的故事，不同的版本，并且深信不疑。我想听什么就对自己说什么，然后不做任何改变。

我妻子给我这种心态起了个名字，叫作"无论如何世界"。"我们是你的家人。我们一直在这里。你不用做任何努力就可以拥有我们，因为无论如何我们都在这里。对你来说是幸运的，对我们来说是不幸的，因为你没有任何压力，不用做任何改变。我应该打碎你这个无论如何世界，应该离开你或者搞一出外遇，可我不想这么做——我是你的妻子。"

妻子的话让我感动，于是下决心开始改变，不再把自己孤立起来。我经常下这样的决心。我是那种习惯放弃的人，常把"就这一次"和"这是最后一次"挂在嘴边。这些话我在卢娜、赫丁和斯特兰兹都对自己说过。我一次又一次对自己说："这是我最后一次自己吃大餐，以后每天晚上我都会陪在丽贝卡身边。"过不了多久，我会再次坐在这里，享受我的孤独感。不幸的婚姻是一种令人满意的生活方式——也许真的存在。

第十一章

　　我起身前往巴厘岛，妻子没送我去机场，她要送孩子们去参加活动。我们在门厅匆匆吻别，法伊哭了起来。我立刻下定决心，以后每次旅行都要带家人一起去。不过既然这是我最后一次独自旅行，那就应该好好享受一下，于是在飞行途中我的内疚感减轻了一些。况且家里也没什么事需要我做。我把迪特尔·提比略完全忘在脑后。

　　我的朋友斯蒂芬来登巴萨机场接我。我们不到二十岁就认识了，交情很深。我们俩都没有服六个月的义务兵役，而选择在养老院完成社区服务。斯蒂芬后来学的商科，在雅加达的德意志银行工作，娶了一个印度尼西亚女孩。现在他自己当老板，从事在我看来高深莫测的复杂金融交易。我们见面时常常聊工作以外的事，对彼此的私生活毫无保留，而且还给这类谈话起了个专门术语——外阴聊。这一习惯可以追溯到我们的学生时代，我们会向对方仔细描述自己女友身体的最私密处。最近几年，我们更常谈论的是我们各自的婚姻问题，而且是本着严谨的自我剖析精神，但从登巴萨到水明漾的路程太短，我们还未来得及聊到这些。我们只来得及聊了下彼此的近况和婚姻，还有即将成为斯蒂芬第二任妻子的女孩，她也是个印度尼西亚人。

斯蒂芬的婚礼在三天后举行。我住在海边的一家酒店，一直睡到中午才起，坐在阳台上看了两小时威廉·福克纳的小说《八月之光》，画了几张房屋草图，然后骑着租来的摩托车在水明漾兜风。下午四点钟左右，我朝海边出发，大部分婚礼嘉宾已经到了。这是一片宽阔的白色沙滩，海浪朝岸边一个个涌来，虽然已近黄昏，但天气依然炎热。我租了一个短冲浪板，游了一会儿泳，等时机准备冲浪，但大海浪不多。我和其他嘉宾浮在海面戏水，聊着各自的工作和家庭。大浪终于涌来时，我们纷纷抓起冲浪板迎了上去，双手快速划水，让海浪把我们冲上沙滩。这种简单又好玩的游戏让我们笑得像群孩子。有人拿了些啤酒过来，我们边喝边等待夕阳西下的美景，可总有一片灰色的云在海天之间徘徊不去，炙热的太阳从云后缓缓落下。

每天下午四点半会有二三十个印度尼西亚本地人来到这片沙滩，让我们觉得既新奇又害怕。那些人戴着头巾和色彩鲜艳的围巾，在海边大声唱歌。他们带了很多装在碗里的鲜花，还有一些像巨大圣诞饼干的长长物体。五点钟时他们全部起立，朝大海缓缓走去，将带来的物品全部丢进海里。那些人还没离开沙滩，海水就又将所有的东西冲了回来，但他们似乎并不在意。

有两三个婚礼嘉宾说，那是本地人安抚大海的仪式——很可能已经出现了海啸征兆。斯蒂芬觉得是一派胡言。他的一些朋友——从没在亚洲生活过，但声称读过很多相关内容——坚持这种说法。有些婚礼嘉宾相信，另一些不信。我走近大海，想看看他们丢了些什么东西。我看见橙色的花朵、金丝带编织的护身符、棕榈叶做的盘子，我还发现一个装在塑料袋里的鸡蛋，不知道是祭祀的物品还是之前被人丢进海里的。我不太相信那个危言耸听的说法，可也不敢确定。

一群狗在海滩撕咬，几个男孩在踢足球，有时经过的小贩会向我们兜售小船形状的风筝。几个小船风筝就挂在我们头顶的天空，飘着黑色的船帆。我给孩子们买了一个风筝。我尽量找话题跟大家聊，这样就没人说我是沉默的人。我对自己在好友婚礼的致辞多少有些担心。

第二天晚上，我们去了墨提斯。那是一个餐厅酒吧，面朝池塘的一侧是敞开式设计，可以看到盛开的睡莲和在莲叶间钻进钻出的胖锦鲤。酒吧 DJ 在播放唱片，一名小号手随着背景音乐演奏。我们坐在扶手椅上，看着外面的睡莲，喝着草莓莫吉托鸡尾酒和莫斯科骡子鸡尾酒，汗湿的衣服粘在皮肤上。我和一个常驻曼谷的女人攀谈起来，她是负责缅甸事务的欧盟外交官，穿着一件蒙德里安风格的白色短裙。她跟我讲了几位缅甸将军的逸事，还有住在湖边的反对派领袖昂山素季。我们互相调笑了几句，没什么目的，只是活跃下气氛，然后斯蒂芬过来跟我们一起聊。外交官离开后我们两个开始"外阴聊"。我告诉斯蒂芬关于迪特尔·提比略的事，他说，这时候把家人留在柏林不合适吧？我听了有点不高兴。但话又说回来了，互相问尖锐的问题正是我们"外阴聊"的重点。我说提比略并没有真正威胁过我们，应该没有危险性。后来，我完全沉醉在小号声中，我头一次发现音乐可以这么动听，说不定是鸡尾酒在起作用。

凌晨一点时天开始下雨，小号声被噼啪的雨声所淹没。我们等了很长时间的出租车。一些客人去了俱乐部；我回到酒店，给妻子打了一通电话，她没有接。她应该在家——现在是德国时间晚上八点，孩子们已经上床了。我在家的话，这时该给孩子们读睡前故事了。那段日子，我常活在自己想象的虚拟生活中。我经常不在家，所以会想象此刻如果自己在家时的情形，具体到每个细节。这样一来，我的一部分身心是在家里的——至少我的心跟他们在一起——这让我感到安慰。

我眼前闪过迪特尔·提比略的影子，突然觉得担心起来。

我又拨了一次电话，留了语音信息。"我爱你。"我最后说道。第二天早上，我收到丽贝卡的语音留言。她说孩子们很好，她也很好。

婚礼前一天，斯蒂芬举办了一次聚会。他和男宾客，他的未婚妻和女宾客，各自有一个聚会。我们男宾客在一家餐厅享用大肋排，看着锋利的刀子将肉从骨头上剔下来，然后抓起来大快朵颐。我们总共八个人，换了一间又一间酒吧，最后走进一家以出售含致幻蘑菇饮料闻名的俱乐部。我以前从没碰过毒品，连大麻都没吸过，那天却连喝了好几杯致幻蘑菇饮料。俱乐部墙壁上有只壁虎，有个人说，壁虎没有眼皮，所以它们要一直用舌头去湿润眼睛——这就是为什么壁虎会不停地伸舌头。我听了哈哈大笑。有三个女人走到我们桌子旁边，随着扬声器传出的音乐跳起舞蹈。她们是巴厘岛本地人，身材娇小，姿态优美，都很年轻；她们脚上踩着高跟鞋，身上穿着豹纹比基尼，在我们面前跳了五分钟。过了半小时，她们又回来了。三个女孩都很可爱，我看着她们，觉得很开心。我完全没有意识到是致幻蘑菇在起作用。

我们决定和女宾客会合，然后去斯蒂芬的家一起开派对。我骑上轻便摩托车等待其他人一起出发，之前跳舞的一个女孩走到我身边。她换了牛仔裤和白T恤，长长的头发用红发带束了起来。她对我笑了笑。我也对她笑了笑，觉得害羞，又有点不知所措，我不知道她想要做什么。这时其他人已经各自上了摩托车，准备出发。我启动发动机时，那个女孩坐上我的摩托车后座，我没有阻止她。我没要她上车，既没说话也没打手势。我大可以怪自己不该对她微笑，可又没有不准微笑的规定。她搂着我的腰，双手放在我肚子上，身体贴紧我。我们在夜色中一路前行，追上了其他客人。但中途在一家商店门口停了下来，买了啤酒、葡萄酒、伏特加、薯片和巧克力。女孩的名字叫普茶，她问我叫什么名字，然后不停练习说"伦道夫"，直到发音准确。斯蒂芬住在水明漾山上的一所房子里。跟巴厘岛的大部分住宅一样，斯蒂芬家的一侧全部敞开，厨房通向游泳池。我们坐在厨房吧台旁，喝酒、吃零食、大声说笑。有两个男人喝了太多致幻蘑菇饮料，他们把女宾客一个接一个地丢进游泳池，然后跳进水里假装划船。很快，几乎所有人都在水里了。我稍做反抗后也被丢进游泳池。我们当中块头最大的两个人在泳池旁的草地上竭力反抗，像两头不肯驯服的大象，最终被一起丢入水中，溅起巨大的水花。普茶幸运地逃过一劫，她帮我们把饮料拿到游泳池旁。我们喝酒聊天，抬头看着没有星星的天空。一个人大声说道："让亚洲人统治世界吧！管他呢，我们只想统治游泳池！"大家哈哈大笑。

我们借了斯蒂芬和他未婚妻的衣服换上，有的人穿着合身，有的人穿着不合身。一个歌德学院的女嘉宾绕着遮阳伞的伞柱跳起舞来，说在跳钢管舞。斯蒂芬拔下伞柱去捅厨房的风扇，风扇停了片刻，又歪歪斜斜地转了起来。我们不停地大笑。我坐在帆布躺椅上，普茶躺在我旁边的草坪上睡着了。早上六点钟时我在犹豫，不知道要不要带她去我酒店的房间。

六点半的时候，天亮了，我的手机响了起来。大家都是一惊——很多人使用这款手机铃声，听起来像是老式电话铃声。大多数客人四处寻找自己的手机，有人此刻才意识到掉进水里时身上带着手机。咒骂声开始此起彼伏。手机铃声停了下来，过了一会儿，铃声又响了。我挣扎着从帆布躺椅上起身——对我这个年纪实在不是件容易事——走进厨房，我被丢下水前把手机留在了厨房料理台上。手机屏幕闪着亮光，上面是我妻子的名字。德国这时刚过午夜十二点。

"你好。"我说，希望自己听起来不像是在参加聚会。

妻子的声音很慌乱："提比略在我们的花园里。"

第十二章

后来我常常在想，为什么手机偏偏在这时响起呢？我希望能在一个更适当的时刻，而不是我调情时被铃声惊到。可是，有适合灾难发生的时刻吗？在灾难降临时能维持尊严的情形我们一生也不会遇到——简直荒谬可笑。应该是致幻蘑菇的影响，清醒时的我不会这么做。我怎么还在为自己辩解？我应该停下了。

丽贝卡已经报过警。她昨晚上床比较早，一直睡不着，过了一会儿，她起身去喝水。我家厨房在屋子后侧，丽贝卡喝水时看了一眼外面的花园，借着月光，她发现一棵白桦树后有个人影。外面的人看不见我妻子，她当时没有开厨房灯。这时，躲在白桦树后的人走了出来，丽贝卡认出他是迪特尔·提比略。他穿过花园朝我们的房子跑来，上台阶走到我们的玻璃花房外。他满头大汗，靠在栏杆上盯着我女儿的卧室窗户。然后他掉头跑到白桦树后面躲起来，过一会儿又跑到我家房子外面，盯着法伊的窗户。我妻子先打电话报警，接着打电话给我。

"提比略现在在哪里？"我问。

我妻子说："堆肥后面。"

"去拿面包刀。"我说。

我妻子说："我拿着面包刀呢。"

"门全锁好了吗？"我感到无助。

"锁好了。"我妻子回答，停了一下她又说道，"我很害怕。"

"警察怎么还没来？"我问。

"现在他正跑过花园，"我妻子说，"他不停地跑过来又跑过去——他在干什么？"

"天哪，警察在哪儿？"我大喊。

电话里没有任何声音。

"他妈的，怎么了？"我对着手机大吼，"他在哪儿？"

"我看不见他了。"我妻子说。我听到门铃声。"警察来了。"我妻子说。

"等下再打给我。"我说。

"好的。"她挂断了电话。

我转身看了一眼聚会现场，游泳池边丢着空酒瓶，只剩一半的薯片，帆布躺椅上是睡眼惺忪的宾客，有那个认识昂山素季的女外交官，还有普茶，她已经醒了，微笑着看我。斯蒂芬过来问我出了什么事。我告诉他事情的经过，说打算立刻搭飞机回家。他当然理解我的做法，问我有什么可以帮忙的。

"你可以送那个女孩回家吗？"我问。

"没问题。"他说。

我们抱了一下，我看了一眼普茶，她正不解地看着我。我骑上自己那辆轻便摩托车，穿过清晨的小镇直奔酒店。

到酒店后我立刻打电话给妻子，她说警察还没走，她晚点再打电话给我。我收拾好行李，退了房间，搭车前往机场。

这时丽贝卡打来电话，说警察已经警告了迪特尔·提比略。

"警告？"我问，"就这样吗？"

"是的，就这样。"她回答。

"至少也算非法侵入吧？"我不明白。

"不算。"她说，"他没进我们家。"

我不明白。在我看来，他在我家房子周围图谋不轨，明显是一种犯罪行为。

"不算跟踪吗？"我问，"他跟踪骚扰我们——肯定有对付这种人的法条吧？"

我再次听到门铃声，我妻子说，她最好的朋友玛蒂尔德到了。玛蒂尔德今晚会留下来陪她，她说，她没办法一个人带着孩子待在家里。我感觉她说到"一个人"时加重了语气，但我不确定。

我告诉她，我会尽快飞回家。我正要接着往下说，她按下了打开前门的蜂鸣器，电话里传来她朋友的声音。

"再见。" 我妻子挂断了电话。

我买了新加坡航空飞往柏林的机票，经停新加坡和巴黎。商务舱只剩下一个空位。起飞时间是下午六点零五分，还要等八小时。我坐在出境大厅的星巴克，喝了一杯又一杯的浓缩咖啡，后悔自己两个月来的行为，更后悔的是让迪特尔·提比略继续待在地下室，跟我的家人在一起。我后悔来巴厘岛，后悔把普茶从酒吧带回去。我到底在想什么啊？不过我们之间什么也没发生——这点很重要。

我在想接下来要做什么：见律师，找警察，拜访提比略的房东。他必须从地下室搬走。没有第二条路可走——没有和解的可能，没有商量的余地。我们绝不能和那个人生活在同一屋檐下。我用手机搜索"跟踪骚扰"，阅读网上的相关内容。除非骚扰者有暴力行为，否则我们拿他没办法。我本来十分沮丧，后来变得乐观起来，在心里给自己打气，提比略一定会得到应有的惩罚，一个法治国家总有对付这种人的办法。

中午过后，我给妻子打了个电话，她哭了起来。她一直没睡。我告诉她我的下一步计划，说我们很快就会摆脱那个浑蛋了。我妻子说她今晚要带孩子去朋友家过夜。我又跟保罗和法伊讲电话，跟往常一样，我对他们说，我想念他们，很快就回家，会带他们去动物园玩儿。我的声音哽咽了，泪水模糊了双眼。

从登巴萨到新加坡的飞行途中，我睡着了。

飞机一降落我立刻打开手机，焦急地等待手机搜索通信网络。我收到两条妻子的语音留言，她急着找我，问我为什么不回电话。

我立刻打电话给她，她告诉我说，迪特尔·提比略在我家门垫上放了一封信，里面有三页手写的信纸。他说，最近他一直怀疑我们在性虐待两个孩子，于是他晚上在花园监视我们，现在已经掌握了证据，正打算交给警方。

我听了大笑起来。"现在我们有证据了。"我说，"他写的那些就是证据，我们很快就能把他赶走了。"

"要是警察相信他呢？"我妻子问。

"他们不会相信他的，"我说，"太荒唐了。"说完这句话我的手机就没电了。

飞往巴黎的航班两小时后起飞，我花了一小时在新加坡机场商店找转接头。我有一个通用转接头，几乎在所有国家的插座上都能用，可我竟然把它塞进了托运行李——一个全世界到处走的人竟然犯了这么低级的错误。

我经过一家又一家商店——香水、衣服、电器、酒类，全是各种名牌——最后终于买到一个转接头器，却找不到可以插的地方。无奈之下，我走进男厕所，把手机插到剃须刀充电插座上。男厕所不断有人进出。我听到他们的小便声，还有舒服的长叹声。他们在我身旁洗手，镜子映出他们疲惫的双眼。有个人惊讶地看了我一眼。我在他眼中是什么人？虐待儿童的人吗？

我开始感到担心。"要是警察相信他呢？"我妻子问。这不是没有可能——警察对虐待孩子的事件非常敏感，这类事近来也的确有所增加。我的眼前开始播放一部电影，我已经看过上千次了，画面清晰生动，就像坐在电影院里。这部电影没在大屏幕上播放——而是在我脑海中。

电影镜头从郊区的一片住宅开始——陌生的场景，或许没那么陌生，这是美国的郊区住宅，我们看过的电影差不多都是美国片。当我们想象自己是电影中的人物时，就会想象自己在美国的城镇，周围是美国特色的风景。故事发生在干净整洁的美国郊外住宅区，每栋房子看上去都一样：整洁的外观，修剪整齐的草坪，停在车道上的中档车。这种郊区住宅的可怕之处是外观一模一样，一丁点儿不同都会显得异常突兀。住在这里的全是体面的人，不够体面的人会成为人们眼中的异类。

镜头一直在拉近，最后停在一所房屋外面，透过窗户我们看见里面一家人幸福的日常生活。他们正坐在一起吃早餐：美丽的母亲，受人尊敬、勤奋工作的父亲，两个可爱的孩子。这时，跟踪者出现了，一个阴险邪恶的家伙，他在房子四周徘徊：外表丑陋，内心恶毒，这种恶棍的存在就是为了破坏一切善良和纯洁的事物。一开始，这个家庭似乎是完美幸福的，接下来剧情出现反转：一个过分热心的社会工作者，一个腐败的律师，一个不称职的记者，一群不怀好意的人。最后，孩子们被福利机构收养，父亲身陷囹圄，母亲为了生存不得不出卖肉体。

电影的最后一个镜头是黄昏中的房子，草坪上立着一个牌子：出售。这部电影戳破了"完美幸福家庭"的幻象。我的家庭既不完美也不幸福。

我的手机有电了——至少能开启——我打电话给妻子，告诉她我们没有虐待孩子，所有人都知道，我们没什么好怕的。

"你在哪里？"我妻子问。

"在男厕所。"我说。

"你为什么在男厕所打电话给我？"丽贝卡问。我解释说，我的手机没电了，必须要接上电源才能用。

"别怕。"我安慰她，有人看了我一眼，可能是个德国人。

"我过十分钟再打给你。"我说。

我挂断电话，等着手机充电。过了一会儿，我拔掉电源，把所有东西匆忙塞进包里，走到外面给妻子打电话。家里的座机没人接，她的手机也打不通。我在机场走来走去，心神恍惚地经过一家家奢侈品店，听着机场广播飞往吉隆坡、班加罗尔、墨尔本、洛杉矶和金边的航班通知。

三年前我来过新加坡，当时斯蒂芬在这里工作。我们去莱佛士酒店吃晚餐，食物很棒，但没过多久，周围那些欧洲人让我有些不快，当天似乎所有的西方民主国家的公民全部聚集在那里，而且他们认为新加坡跟他们自己国家没什么两样。几十年来新加坡任何触犯法律的人都将面临极为严厉的惩罚——鞭刑和死刑——但晚餐时大家对这一点只字不提，全是对新加坡秩序和安全的溢美之词。现在，我坐在离境大厅等待新加坡航空飞往巴黎的航班，心想，这件发生在我身上的事，为什么不会发生在新加坡呢？因为新加坡人知道怎么对付提比略那种人——死刑。也许我就是在那时有了以暴制暴的想法。

我在飞往巴黎的途中没有睡。我去了三次洗手间，查看手机语音信息，担心会接到儿童福利办公室打来的电话，但没有任何留言。我没戴耳机看了三部电影——一部是伍迪·艾伦的，一部是克林特·伊斯特伍德的，还有一部是《哈利·波特》系列之一，我忘记具体是哪一部了——我一直盯着屏幕上向巴黎不断移动的飞机小图标。在我的脑海中，那部美国电影仍在播放，而且穿插了我见到迪特尔·提比略后的画面，我会狠狠揍他一顿：打断的鼻梁，全身的瘀伤。没过一会儿，我又变回那个遵纪守法的模范公民。我们一直遵守法律，以后也会继续做个守法公民，法律一定会保护我们。迪特尔·提比略可以开始收拾行李了。

又是一个机场，戴高乐机场——更令人厌烦的机场，更惆怅无奈的等待。然后是柏林机场。妻子带着保罗和法伊在出口等我——我们紧紧地拥抱在一起，像是很久没拥抱过彼此，像是我们第一次的拥抱，过去几年的不愉快似乎从没有过。开车回家的路上，我给孩子们讲天上扬着黑帆的小船风筝，海滩上打架的一群狗。清晨的阳光洒在我们白色的房子上，安静祥和，似乎什么也没发生过。家依然是我记忆中的模样，却已经完全不同了。

第十三章

我觉得我不适合住自己的房子。我们租住在六层公寓时一切顺利。我的麻烦是从我们搬进自己的房子开始的——尽管麻烦没有立刻出现。

我们是1973年搬的家，那时我刚过十岁生日。接下来几年的事我记不大清楚了——我自己没什么值得提起的事。我记得在哪里看的1974年足球世界杯决赛——瓦克04足球俱乐部，我吃着肉丸，喝着柠檬水庆祝德国夺冠。我也记得被迫辞去总理职务的威利·勃兰特，他最亲密的助手被曝光是东德斯塔西情报机构间谍。我父亲说，那个人应该被拉出去枪毙，我觉得父亲说得对：他是个间谍，书中的间谍常常会是这种结局。

我们对父亲的那些枪绝口不提。枪就在那里，我们已经习以为常。同样的，我也很清楚，别人的父亲不会带枪出门。起初我以为父亲除了销售汽车，还负责汽车专卖店的安保工作。但他们店里没有大量现金——所以不可能是这个原因。接着我突然想到父亲可能有神秘的双重身份：他是个杀手，或许是黑手党组织的老大，我们的存在是为了帮他掩饰真实身份。或者，他其实是名特工。

柏林遍地是特工，我越来越清楚我所在的这座城市在冷战中扮演的角色。我们是冷战的核心地区：不同的社会体制在这里碰撞，我们代表正义，他们代表邪恶。在美国福特汽车专卖店工作难道不是一个政府特工最好的伪装吗？

我开始密切观察父亲，但没有任何证据能够证实我的怀疑。父亲每天七点四十五分出门上班，晚上七点十五分到家，雷打不动。我们全家人一起吃晚饭，饭后围坐在客厅聊天，母亲陪我们玩游戏，父亲或者坐在沙发上看书，或者擦拭他的枪支，我永远也忘不了万用油的气味。星期六他开车去射击场，只带我姐姐一个人，星期天我们全家一起去树林散步。

我会经常突然跑去父亲工作的地方，看看他是不是一直在店里。他总是在那里。我从没见过他匆忙送走某个神秘人物，他也不会一看我的身影就迅速挂断电话。这些年来，汽车专卖店跟过去不一样了。买车的人不再对父亲的汽车知识啧啧称赞，如今他们自己也成了专家。他们不仅了解汽车的方方面面，而且喜欢在我父亲面前炫耀。父亲不再是福特汽车专卖店的王者——我早就知道这一点——不过，如果他是名特工的话，那也没什么关系。有一段时间我真的以为父亲是名特工。我可以告诉朋友们，我家不是他们看到的那个样子，我们不是普通的一家人——而是电视上才有的家庭。但我一个字也没说。我们全家人早就形成一种默契，绝不能告诉别人父亲收藏的那些枪，在任何情况下都不能说。

我对克劳斯·卡尔莫尔也没说——克劳斯·卡尔莫尔比我大，比我壮，有时会在上学路上等着我。我打不过他，很想告诉他我家有把柯尔特，还有几支霰弹枪和手枪，而且瓦尔特PPK手枪我用得十分娴熟。可我什么也没说，一声不吭地让他打，因为我确信，一旦有人知道父亲藏枪的事，我们全家就会大祸临头。我从没觉得武器能让我感到安全——事实上，父亲总在担心黑帮成员会来我家偷枪，或者半路打劫他。

搬到新家后发生了一件事——应该是在我十几岁的时候——有个周六父亲没去射击场。我那时大概十三岁，已经不再相信父亲是名特工——在我眼里，他只是一个痴迷枪支的人。那个周六的下午，他带回家一堆袋子和包裹，我们偷偷打量着客厅里那堆东西，很快就猜到他买了什么：一个帐篷，还有一大堆在海拔六千米以上生存的必需品。我非常兴奋——我们终于要出发了，父亲和我，我们两个人的冒险旅程就要开始了。

同时，我也感到非常惊讶，因为我和父亲不像过去那么亲近了。从1973年到1975年，我们之间很少讲话，我似乎已经失去了他。我不记得发生了什么事，我们只是逐渐疏远了对方。我只知道大约从1975年开始，我们之间变得不太对劲。我不记得任何父子间的对话，也没跟父亲一起做过什么。这么多年，他没看过我一场足球赛，虽然我是个不错的守门员，在球场上绝不会给他丢脸。他从不看足球赛，连瓦克04对阵萨伦多夫赫塔的比赛都不看——那些比赛绝对值得一看。

　　我十三岁后父亲再没机会看我踢球了，因为我退出了球队。随着时间的推移，独自守在球门前让我越来越害怕。我们那时不像现在，大家没受过战术训练，创造进球机会常常通过我称之为"人身攻击"的方式。我的防守是一个漫长的过程，对方每个球员都在争当前锋，我将球截获后，对方一下子冲过来三个球员，我的球队却没人帮我，周围一件紫色球衣也看不见。我不想再当守门员了，要求换个位置，可我的天分又不够，最后干脆退出了球队。

　　仔细想来，父亲从没看过我踢球，其实小时候我很盼望他能出现在赛场。没有共同的爱好，让我们彼此越来越疏远——但堆在客厅里的露营设备似乎表明父亲在努力挽回我们的关系。他为我们的冒险旅程买好了装备，我高兴极了。要是他带我一起去选购的话就更好了，说不定父亲是想给我一个惊喜。

　　那天下午有个朋友邀请我去他家玩儿，晚上回家时我看见帐篷已经立在花园里。我拉开帐篷拉链，里面有一个睡袋和一个热垫。我心想，我的东西应该在我房间里，可我在楼上什么也没找到。

我回到客厅，看见妈妈正陪姐姐和弟弟下棋。父亲在一旁看杂志——跟我打了个招呼后他又低头去看杂志。我玩了一局中国跳棋，看父亲一直没说话，于是我起身去楼上放洗澡水，边泡澡边想露营的事。我不清楚到底是怎么一回事。

洗完澡我裹上浴巾回到自己房间，我朝花园看了一眼，那个能在喜马拉雅山使用的帐篷里透出了灯光。我气坏了，立刻顺着旋转楼梯冲上阁楼，直奔我姐姐的房间。她冷冷地问我有什么事。我们的关系向来不好。

"没事儿。"我应了一声，转身下楼。

"不许再上来了。"她在我身后喊道。

科妮莉亚几年前去世了，想起当年的情景我心里一阵难过。我的书柜上有一张我们姐弟俩的合照，是母亲去年送我的生日礼物。一个十二厘米乘十二厘米金色相框，照片嵌在一张满是金色花朵图案的紫色卡片上。这是一张翻拍的照片。我姐姐那时大概四岁，所以我应该只有三岁。她梳着辫子，穿着短裙。我留着短发，穿着短裤。我们手牵着手。姐姐领先我半步，神情愉快笃定，牵着我向前走。我跟着姐姐，放心地把手交给她。

"我不记得有这个样子的姐姐。"我看着照片对妻子说。

"也许你姐姐那时就是这个样子。"她说。

妻子的话让我吃了一惊，因为我从没这样想过。我印象中的姐姐是个霸道蛮横的人。在我们终于能够和平共处前，有好几年的时间，我们一直在伤害彼此——我们到了二十或二十一岁的时候才和解。即便在姐姐生命的最后，我们的关系也不亲密，只是不讨厌对方而已。

我松了一口气，姐姐没和父亲待在帐篷里，那她就不是父亲的冒险伙伴——让我难过的是——我也不是。那天晚上我一直无法入睡。我不停地起身走到窗口，朝下面的花园望去。我看见帐篷里亮着灯，映出父亲坐在里面的身影，他可能在看汽车和体育杂志。帐篷里那盏大功率照明灯足够让你在暴风雪的夜里从七千五百米海拔处登顶珠穆朗玛峰。后来，花园里只剩一片黑暗。

早上醒来后，我朝花园望去，帐篷已经不见了。我后来再没见过那顶帐篷。父亲向我描述过的冒险之旅一直没有实现。据我所知，父亲所有的旅行都是和母亲一起去的，而且他们最远也只到过意大利北部的加尔达湖，住在当地的一家宾馆。父亲是一个没有勇气实现梦想的人，却一直活在自己的梦想中。从这个角度来看，他是一个彻头彻尾的乐观主义者。

第十四章

　　在我童年时期，父亲有时会变得暴躁易怒，我长到十几岁时，父亲会连续几天情绪低落，母亲怎么安抚也没用。他会自己一个人坐在沙发上生闷气，一点点小事就惹得他大发雷霆。哪怕我们在自己房间里，也必须把音乐声调得很小，而且父亲可能随时怒气冲冲地闯进来。我的电唱机唱头就是这么被父亲弄坏的，他粗暴地掐断了平克·弗洛伊德乐队的歌声。

　　我想说的是，父亲和我几乎不讲话的局面并非父亲单方面的错——他的注意力根本不在我身上。我十几岁时最可悲的一件事就是学校老师和朋友们都觉得我聪明。我的父母绝不笨，但他们都没上过大学：父亲高考失利，母亲十四岁就辍学了，因为家里负担不起学费。我觉得自己比父母聪明得多，我现在感到很羞愧，可那时的我总喜欢表现自己的聪明，故意让父母难堪。每次我跟母亲辩论时，她都很当真，其实我有时是在故意逗她。如果我在晚餐时跟母亲辩论，父亲会立刻起身坐到沙发上。他或者看杂志，或者擦枪，可我知道他在听我们辩论。我也知道，过不了一会儿，他就会跳起身对我大吼。我一脸得意地走回自己房间，可我的心却在狂跳，害怕父亲会冲过来向我开枪。

我十五六岁时已经知道父亲不是间谍。我也知道，他不仅是一名业余枪手、猎人和枪迷，他还需要枪来保护自己。父亲在害怕，我不知道他在害怕什么——据我所知，他没有需要害怕的东西，也没有需要害怕的理由。他不去城里的红灯区，连酒吧也不去。要是去酒吧喝上几杯啤酒的话，说不定他真会跟人打上一架。他不上班时几乎都待在家里。我看见过他把枪插进枪套后开车跟母亲去商店。他在害怕什么？为什么我从来没问过他？我现在很想问他，可是当着科特克的面又不能问，而我去监狱探望父亲时，科特克总在旁边。

我还有一个发现，父亲不仅朝枪靶开枪，一旦他觉得受到威胁的话，他也可能朝人开枪——他不是那种用拳头解决问题的人。他报名参加战斗训练课程，学习用手枪自卫。我看过他在家里练习，他把枪套卡在皮带上，朝空中抛硬币的同时从枪套中拔枪。他不开枪，练习的目的是在那枚五马克硬币落地前拔出左轮手枪。我弟弟喜欢看父亲练习拔枪。每当父亲开始练习的时候，我会立刻起身回自己房间。

弟弟布鲁诺比我小三岁，公寓时期我们住同一个房间。我家有一张他小时候坐在婴儿车里的照片，一脸惊讶地盯着镜头。我站在婴儿车扶手旁，很有哥哥的样子。刚开始我不喜欢布鲁诺，因为我必须在我的小房间里为他腾出个位置，而且他小时候又特别喜欢哭鼻子。后来，他大一点，我玩轨道赛车时会让他把开到终点的玩具车拿给我，作为回报我也偶尔让他玩一次。我开始喜欢弟弟，在我还不懂得表达时就喜欢上这个小弟弟了，现在依然喜欢他，虽然布鲁诺并不是一个容易相处的人。

我们一起去父亲工作的汽车专卖店，他每次会直奔修理间，可我却不喜欢那里的嘈杂和肮脏。那时候的修理间到处是油污——现在更像是一间电子实验室。要是修理工让他用螺丝刀或扳手拧几下螺丝的话，他简直会乐疯。我喜欢坐在崭新的车里假装开车，最喜欢配有真皮座椅的汽车，那股浓烈的皮革味特别好闻。

有一段时间，父亲也带弟弟去射击场，但布鲁诺接受不了严格的训练——父亲总是强调，射击场上最重要的就是训练。布鲁诺不是挥舞着枪当玩具，就是干扰周围正聚精会神准备射击的人。在布鲁诺对着一只鸟胡乱开枪后，父亲为弟弟的枪手生涯画上了句号。只有我姐姐跟着父亲继续练习射击，她获得过柏林青少年级别射击比赛的亚军，奖杯摆放在客厅里。我和布鲁诺开了很多关于奖杯的玩笑，部分是因为我们非常嫉妒科妮莉亚的射击本领。我不知道父亲发现两个儿子都不可能成为神枪手时是什么心情，但我相信他对我和弟弟的失望程度不会超过我们对他的失望程度。

　　一天晚上，我正躺在床上看书，突然听到一声枪响。我胆战心惊地往楼下跑，害怕是父亲开枪杀了弟弟。没人能像布鲁诺那样把父亲气得发疯——我冲进客厅，看见布鲁诺好端端地跟母亲和姐姐玩记忆游戏。父亲腰上卡着枪套，正站在露台门旁仔细查看玻璃上的一个洞。地板上掉落了一枚五马克的硬币。父亲的左轮手枪意外走火，幸运的是，枪响时没人从我们的房子前面经过。

　　我又躺回床上，心想，原来父亲存放在家里的枪是装满子弹的。我知道他有很多弹药——那些彩色纸箱有时就放在餐桌上——父亲把枪和子弹分别存放，从来不会同时拿出来。他总是——我一直以为——特别注意安全。

第十五章

　　我必须强调的是，我的少年时期一切正常。讲述历史事件时我们常犯一个错误：当我们强调某个戏剧性事件时，事件发生的年代往往是多事之秋，动荡不安。我成长的年代很平静，尤其是我们家。我们早上起床时早餐已经准备好了，我们上学、回家、做功课、跟朋友出去玩儿，晚上和父母一起吃晚饭，母亲跟我们说说话，父亲永远在安静地看书。只有极少数的几次，父亲会打断我们，讲一讲他年轻时的趣事或者汽车专卖店的事。如果他在一旁沉默地想心事，我们谁也不会去打扰他。晚饭后我通常回自己房间看书和听音乐。母亲陪姐姐和弟弟玩游戏。布鲁诺上床睡觉前，我会给他读一个故事，陪他说说话，然后母亲会进我们房间，陪我们做睡前祷告。我在心里默默感谢上帝，感谢他赐给我幸福的生活。

　　但家里也有不平静的时候，令我感到害怕——不仅为自己担心，更为弟弟担心。木头衣架打屁股的日子过去了——母亲不再打我们，但可能不让我们出去玩儿或者不给零用钱，从某种程度来说，这些惩罚跟挨揍一样难受。弟弟继续挨揍——我父亲会打他。布鲁诺有本事把父亲气到发疯。

一天，我听到楼下传来弟弟的尖叫声，立刻一步四个台阶往下跑。我看到弟弟坐在地板上，双手紧紧护着头，父亲满脸怒气，拳头雨点般重重地落在弟弟身上。母亲伸手去拦父亲，他不停地推开母亲。

"赫尔曼。"母亲哭道，"赫尔曼，住手！"

父亲看见了我，举起的拳头停在了半空。

"我要……"他吼道。

"赫尔曼。"我妈妈哭着喊道。

我把布鲁诺从地上拉了起来，带他去我的房间。弟弟扑到我的床上放声大哭。我坐在他身边，轻轻抚摸他的头。

"我要杀了爸爸。"弟弟哭着说。可能很多十几岁的孩子都在自己房间说过这话，可在一个到处是枪支弹药的房子里，这话听起来另有一番深意。

"好了，好了，没事了。"我说，其实我当时很害怕，担心父亲会用那支藏在卧室保险箱里的手枪杀死我们。我站起身，听了听门外的动静——什么也没有。我锁上了房门。

我和弟弟开始安装玩具赛车轨道，快要装好时门把动了一下。我们一动也不敢动，接着听到门外传来母亲的声音。我打开门，母亲走了进来，脸上没有太多泪痕。布鲁诺不让母亲抱他，于是母亲坐在我书桌旁的椅子上。母亲有种能力，只要她一开口，哪怕刚刚经历过父亲暴怒那种可怕的场面，你也会感觉一切都很美好，世界充满了欢笑。她会屏蔽掉一切不美好的事物，只留下美好的。这次也一样。她说布鲁诺不该故意气父亲——母亲语气温和，充满了同情。要是布鲁诺以后别再气父亲的话，就不会再发生这样的事。

"我什么也没说。"布鲁诺反驳道。

"你刚才说我是你父亲的用人，"我母亲说，"这话不对。"

布鲁诺告诉我说，父亲揍他是因为他跟母亲顶嘴——父亲突然把报纸扔到地上，从沙发上跳起身，不由分说就开始打他。他没告诉我父亲为什么生气。

"我不是你父亲的用人，"母亲对布鲁诺说，"我心甘情愿放弃工作——为了你们三个孩子，也为你父亲。"

我可以想象得出，布鲁诺说这句话时绝不像母亲这样平和，而且他会一遍又一遍地重复，话讲得越来越难听。他那时总这样说话，我比他也强不了多少。

"那也不能把人打个半死吧。"我对母亲说。

母亲说："你父亲不会把你们打个半死的。"

"他有。"布鲁诺哭着喊道。

我和弟弟又像平时一样，跟母亲争了起来。我们说父亲很可怕，母亲说父亲不可怕。我们每次说父亲的坏话，母亲总是向着父亲。不过，父亲对我们发火时，她也会向着我们说话。这是母亲在家中的角色：调解和安抚。母亲的神情总是那么平静轻松，好像没有一件事情是糟糕的，世界一切正常。

我不知道母亲眼中的世界是不是真的正常，说不定是真的。当一个小女孩走过战火中的科隆，她听到轰炸机的轰鸣声、炸弹的爆炸声、刺耳的警报声，闻到死人皮肉烧焦的气味，看到撕裂的伤口和断裂的四肢，也许那个女孩会觉得，最可怕的事情已经全部过去了——家人间的小摩擦实在算不了什么。或许有另外一种可能，因为战争毁了母亲的家，夺去了外祖父的生命，童年时的她已经承受了太多痛苦，无法承受更多，所以不管真实的世界是什么样子，她让自己相信一切都很好。一方面，也许她对自己说，我们家十分幸福，选择无视父亲的那些枪对她和孩子们生命的威胁。另一方面，也许母亲笃定她的孩子们没有任何危险，因为她绝对信任自己的丈夫。我不知道母亲的想法，以后有机会我一定要问问她。我所知道的是，我母亲总是保持冷静。那天晚上也是一样。她跟我们说了半小时话，最后道了晚安，轻松的口气就好像我们今夜会无忧无虑地进入甜美的梦乡。母亲起身去楼下看父亲，我再次锁上了门。

我和布鲁诺一直玩赛车到半夜，然后我把布鲁诺的床垫拿到我房间，放在我床旁边。我很快就听到他平静的呼吸声，我却一直睡不着，想着如果父亲闯进来的话该怎么办。父亲说："我要……"我猜他的下半句只能是"杀了你们"，虽然回想当时的情形，我相信父亲不是这个意思。这是父亲奇怪的地方，他威胁我们时总是只说半句。"你等着，"他说，"我要……"像我们这样的家庭，没说出口的威胁反而更让人害怕。这让我学会一件事，虽然我没有枪，但我教训自己的孩子时，我不会讲话讲一半。我会明确地告诉他们，如果把食物当玩具或者朝狗丢网球逗它叫会有什么后果。

我很久以前就想过父亲开枪时要如何躲避。我想过把床垫靠在门上，也许能挡住子弹。那天晚上，我房间刚好有两个床垫，更容易挡住子弹。当然了，父亲可以开枪弄坏门锁，我们会立刻暴露在他枪口下。所以，一听到他的声音，我们必须赶紧冲向窗户，顺着屋顶向下滑，再从屋檐跳到地面，而且必须做到双脚同时落地。

问题是我和弟弟谁先从窗户爬出去。两种情形各有利弊。如果我先走，弟弟处于危险中的时间比较长，但他跳下来时我可以接住他。这是个两难的境地，我没办法选择。再三思索后我觉得最好让弟弟先走——他自己跳下去应该没有太大问题。跳到地面后，我们必须沿"之"字形迅速穿过草坪，那里毫无遮挡，很容易被子弹击中，不过夜色可以隐去我们的身影——乌云遮住了月亮——花园尽头的右侧是灌木丛，到了那里父亲就看不见我们了，我们就安全了。我不相信父亲能在周围的花园里找到我们——那里是我们的地盘。

多年以后，我和弟弟还为这件事打了一架。我对他说，我那天救了他一命。当然，我不该说这种蠢话，况且也不是事实。弟弟听了立刻绷紧下巴，说他不想欠我一条命。我们可笑地打了一架，不过两杯啤酒一下肚，我们又和好如初。毫无疑问，我们两兄弟，我们父母的还健在的两个孩子，心里都有过创伤。没有任何可怕的事情降临在我们头上。父亲没朝我们开过枪，没用枪口瞄准过我们，也从没威胁过要朝我们开枪。我们像其他人一样长大，身上没中过子弹——可事实是，那些枪就在家里，这让一切变了性质。这意味着其他的可能——尤其是可能对我们的生命造成威胁。它改变了我们的思考方式。如今回顾过去种种，我发现它有时会让我们更容易急躁不安。对我来说，家是一个可能被射杀的地方。

我知道从这件事你会得出什么样的结论：我对新家的种种不适应，喜欢一个人在星级餐厅独自用餐，这些都是因为儿时的经历，让我感觉家是一个充满危险的地方。也许的确有影响，但这样的结论在我看来似乎太草率了。我不是枪口下的受害者。你也可以换个角度来看：我的童年不仅开心快乐，也充满了紧张和刺激。

对父亲那些枪的恐惧如今想来已经很淡了。不过我的确记得一件事，当时吓得我们说不出话来。有一次我们全家去柏林的卡尔斯塔特百货店，因为福特 12M 太小坐不下，父亲开了一辆福特格拉纳达。

母亲说我们要买些冬天的衣服，于是我们全家立刻出发，很快就到了商店外的停车场，一圈圈绕着找车位。第一个找到车位的人有奖品——一个坚果巧克力棒，可我们还是花了很长时间才找到车位。"那里！那里！"过了一会儿，坐在中间的弟弟惊喜地喊了起来，我和姐姐都有些懊恼。

父亲的格拉纳达朝着停车位慢慢驶去，这时一辆拉力赛款的黄黑色欧宝卡德特从左边冲了过来，挡住了我们的路。我们过不去，那辆卡德特同样也进不去，除非我们倒车，否则它没办法转弯。父亲非常生气，挥着双手大吼，但那个开卡德特的年轻人只是咧着嘴得意地笑。我们僵持在那里。我开始感到害怕，担心父亲会下车朝卡德特的司机开枪。父亲身上藏了一把左轮手枪——穿外套时我看到了。我父亲安静下来，我吓坏了，但他没有下车，而是一脚踩在油门上，掉转车头开走了。

我仍然感到害怕，姐姐弟弟同样在害怕。那个停车位明明是我们的，父亲为什么要放弃？父亲高大健壮，即便没有左轮手枪，他的大块头也能把欧宝卡德特车里的那个白痴吓跑。我们没再找停车位，回家的路上谁也没说话。弟弟想要他的坚果巧克力棒奖品——是他发现的车位，没抢到车位不怪他，要怪父亲没把车开进去。姐姐让他闭嘴，我暗暗松了一口气。

停车场的事让我对父亲有了更深的了解。他不会跟别人争执，不会用语言或态度坚持自己的看法——面对问题时他或者选择逃避，或者选择开枪。幸运的是，他永远选择逃避。我不知道他为什么会成为这样一个人。父亲讲过他小时候的事，他拥有一个正常的童年。我的祖父母在柏林施潘道区开了一家酒吧，父亲是家中的独子，轰炸变得频繁后，祖父母将父亲送到威斯特伐利亚一个亲戚的农场，所以父亲几乎没见过战争场面。

父亲说过，小时候祖母经常用拨火棍揍他，祖父在开酒吧前是个警察，常带警务配枪回家。父亲说，从那时起他就对枪有了兴趣。后来，祖父母让他接管酒吧，他坚决不肯，于是大吵了一架。除了喜欢枪，父亲也是个车迷。高考失利后父亲成了一名汽车修理工，其实他更想成为一名工程师。我父亲没有服兵役，战争爆发时他年龄太小，战争结束后年龄又太大。这些细节有助于理解父亲奇特的一生吗？等他出狱后，我有很多问题要问他。

第十六章

我们从机场回到家，发现公共通道的窗台上有一封鼓鼓囊囊的信。上面写着的收件人是丽贝卡·狄梵萨勒，背面的落款是迪特尔·提比略。

"谁写的信？"保罗问。

"一个认识的人。"妻子愉快地说。

我和妻子从那一刻开始演戏——其实我在巴厘岛时妻子已经开始这么做了。我们在孩子面前，总是一副开心快乐的表情，至少是非常轻松的。面临迪特尔·提比略的威胁时我们依然如此，只不过那时的轻松快乐是装出来的。提比略迫使我们做出一个重大改变：我们开始演戏，我们的生活变成一场对孩子们的表演。

我第一个进的家。我用钥匙开了门，每一个房间都走了一遍，像是在巡逻，家还是原来的样子。今天天气很好，房间里洒满了阳光。妻子进了卫生间，锁上了门，我知道她在里面看信。

我去厨房给孩子们做早餐，跟他们讲巴厘岛、大海和冲浪。

"想想看，爸爸冲浪的样子。"我说，声音突然有些哽咽。

孩子们哈哈大笑。妻子走进厨房。她把信收了起来，这样孩子们就不会再问。

"爸爸去冲浪了。"法伊说。

妻子说："一定很好玩儿。"

"太好玩儿了。"保罗说。

"爸爸原来是冲浪世界冠军。"我说。

"哇！"法伊说。

"爸爸骗人的。"保罗大喊道。

我忍不住在想：这是被指控性虐待孩子的父母和问题儿童之间的对话。保罗和法伊在家让我们不太方便。我想知道信中写了什么——我必须知道——但是孩子们在旁边，我们不能谈这件事。

"该去幼儿园了，"我说着站起身，"去刷牙穿衣服。"

丽贝卡帮孩子们整理背包穿鞋子，我抄近路经过地下室去车库。路过迪特尔·提比略的门前，我竖起耳朵仔细听：没有任何声音，他没在偷窥。我踹开门，扑向里面那个还在睡觉的家伙，但这一幕只发生在我脑海中。我走过地下室，一直走到院子里。

像往常一样，我从车库里先取出我的自行车，再把保罗的自行车搬出来，过了一会儿，妻子带着孩子们来到车库。她从房子的另一侧绕过来，没有经过地下室。

还是跟往常一样，孩子们戴上头盔，法伊坐进儿童座椅，我吻了一下妻子。

"你要跟我们一起去吗？"我迟疑了一下。

"不去了，没关系的。"她亲了亲孩子们，跟他们说再见。

我骑车送孩子们去幼儿园。送完保罗和法伊后我迅速骑车回家。妻子正坐在客厅里跟她母亲讲电话，那封信放在她旁边的沙发上。

"我读给你听吧。"她挂断电话后说。

"别在这里。"我说，"我们去厨房。"地下室在我们客厅的正下方。我们在客厅时可以听到达斯汀·霍夫曼的声音，所以迪特尔·提比略同样能听到我们的声音。

我们在厨房桌子旁坐下，妻子开始读信。这是一封十一页长的信。迪特尔·提比略从他的角度详细描述了我和妻子对孩子们所做的事。我不想在这里引用他信中的内容，尽管我记得很清楚，因为在接下来的几个月里我忍受着从未有过的恶心，读了无数遍这封信。我能说的是，迪特尔·提比略描述的大部分场景都是在浴室里，还有一些是在我们的床上。"小鸡鸡"和"屁屁"在信里频繁出现，他说孩子们会大喊"啊，太烫了""不要用力擦"。

令我感到异常震惊的是，信中的内容并不全是迪特尔·提比略病态的臆想，而是我们真实生活中的片段——我们家庭生活的点滴。"不要用力擦"是孩子们在浴室里常说的话——就像"啊，太烫了"一样。可能全世界任何一个在浴室里洗澡的小孩都说过这些话。迪特尔·提比略听到这些，竟然病态地联想到性虐待。他的臆想剥夺了我们跟孩子相处时纯真无邪的感受，他的指责让我们陷入痛苦之中。

没等妻子念完信，我已经开始在脑海中搜索信里描写的情景。我什么时候把洗澡水放太烫了？我什么时候擦得太用力了，或者是毛巾太硬了？洗澡水太烫，擦干孩子身体时不够轻柔，这些算不算是对孩子的轻微伤害呢？迪特尔·提比略的信在我们心中播下了自我怀疑的种子，在未来的几个月里种子渐渐发芽长大。

妻子把信放在厨房的桌子上说："他想要我们的孩子。"我和妻子的想法完全一样——除了恋童癖，不会有人这么详细地描写跟孩子的性行为。"我要杀了他。"丽贝卡的声音尖厉颤抖。"我要杀了他！"她突然站起身。"他是个禽兽！"她尖叫起来，"他是一个肮脏的禽兽，一个怪物，一个变态！我要杀了他！"

我把她抱在怀里，我们紧紧地拥抱在一起，很久没有放开彼此。这是我在妻子失控尖叫时第一次主动拥抱她。

在那一刻，我感觉和妻子之间的问题全部消失了。我们有过婚姻危机，但当危险降临时，我们坚定地一起面对。我错了，婚姻比我以为的更加复杂。我心中隐约有些不安，不全是因为我们的这次拥抱，但多少有点关系。我脑海中出现一幅画面——事实上应该是两幅画面。一幅画面中，她在读信，语调平缓，偶尔停顿一下，只有一次出现了短暂的颤音——读到她虐待孩子的内容时。在另一幅画面中，她和我们的孩子在一起，帮保罗和法伊洗澡时做了迪特尔·提比略描述的事。提比略信里的内容我一个字也不相信，一秒钟的怀疑也没有过，可那些画面就在我脑海中，我妻子的画面。我想甩掉那些画面，可它们不停地出现在我眼前，就像那些我和孩子们在一起的画面一样。

第十七章

当天下午我和妻子一起去见律师。路上我们在幼儿园停了下来，跟两位老师反复强调，除了我们夫妻两个，其他任何人都不能把孩子接走，不管对方怎么说。其实这家幼儿园本来就规定，接孩子的人必须由父母亲自向老师引见。我们希望做到万无一失——我们希望能做点什么。然后，我和妻子握着彼此的手坐在律师的办公室里，等着她读完迪特尔·提比略的信。我突然被一个念头吓到了，在接下来的几个月里这个念头不停地在我脑海中盘旋，就是要是律师相信他的话，不相信我们呢？要是律师认为他的指控是真的呢？

坐在那里，我平生第一次成为被怀疑虐待儿童的男人，一个不知要如何证明自己没有虐待孩子的男人。我意识到我们现在要仰赖别人的信任和好感。我记得内心深处那种正直和尊严的感觉，一种几乎神圣的感觉。我要用自己的正直和尊严去面对荒谬的指控。我记得坐在律师办公室时充满了信心，做坏事的人是迪特尔·提比略。他那封变态的信让我们有理由把他赶走，从此远离我们的生活——也许不会立刻走，但最多也就几周的时间。

"真恶心。"律师说，"很遗憾你们必须经历这些。"

"这是诬蔑。"我说，"严重的诽谤。"我那时对相关法律和术语毫无概念——只有正义感和关于对错的直觉认识。"应该很容易吧。"我继续说道，"这封信足够把他从公寓赶出去了。"

律师看了我一会儿，什么也没说。她的一头黑发全部向后梳起，用发箍固定，西装上衣搭在身后的椅背上。律师办公室的家具是设计大师夫妻档查尔斯和蕾·伊默斯①的经典款，黑色的瑞士 USM 模块家具，中间特意嵌入了一个红色模块。办公桌是玻璃的，墙上挂的是多考皮尔豹形装饰和一幅印刷画。律师终于开口了，她的话立刻粉碎了我的信心。"狄梵萨勒先生，"她说，"不幸的是，我们生活在一个法治国家。"

"你说'不幸'是什么意思？"妻子问。

我插话道："我一直以为，生活在法治国家是件幸运的事。"

律师略带同情地看了我们一眼。"就你们目前的情况来看，应该算不上幸运。"她平静地说，"我担心，你的期望——你的合理期望——让这个人从你们的生活中立刻消失，恐怕不容易实现。"

---

① 查尔斯和蕾·伊默斯：20 世纪最有影响力的两位设计师，是建筑、家具和工业设计等现代设计领域的先锋设计师。

"我们可以起诉他啊。"我不明就里地说。

"我们当然可以起诉他。"律师说——她可以立刻起草起诉书，可这并不意味着能把提比略赶出他的公寓。她没办法满足我们的愿望，我们的国家不大会把一个人从自己家赶出去，尤其这个人的房租还是用社会保障金来支付的，再加上提比略没有工作，是个失业人员。她可以给我们讲讲她家的租户——可怕至极。她充满鄙夷的口吻让我不太舒服。我从没将我们的案子跟社会阶层或特权联系到一起，我对这些毫无兴趣。

我妻子说，在她看来，遵守法律的人应当受到法律保护。于是律师和我妻子就法律保护问题讨论开来，但争了半天也没争出个所以然。我越来越不安，我这个人向来循规蹈矩，当时有个愚蠢的念头，要是我们让律师不高兴的话，她也许会怀疑我们的清白。于是我打断她们，说如果她能使用所有必要的法律手段处理这件事的话，我们将不胜感激，她表示一定会尽力。她复印了信件，我们签了一份授权委托书，然后她送我们到办公室门口。她说，如果我们觉得有危险，她可以想办法帮我们买一支枪。我摇了摇头。

坐电梯时，妻子再次失控尖叫。我忘了她当时说了什么，只记得她从五楼就一直尖叫，电梯到达一楼时她开始哭泣。我把她搂在怀里，却连一句安慰的话也说不出来。我是一个遵纪守法的公民——一直都是。我相信法律，相信法律会保护热爱和平的人，让我们可以安居乐业。如果我们的和平生活被打破，我相信法律会帮助我们立刻恢复。现在，我对法律的信念破碎了——不是在其他地方，而是在律师办公室——不过也仅仅持续了几分钟的时间。回到车上，我母亲的乐观主义在我身上发挥了作用，我对妻子说，我不相信律师的话。

"法律会保护我们的。"我说。我们开车去了一家自卫商品专卖店，我给妻子买了一罐防狼喷雾。

公共通道的窗台上又出现了一封信，这次的信很薄。信里只有一张纸，上面只有一句话：

我在上一封信中忘记告诉你们，我已经报警了。

迪特尔·提比略

我和妻子在厨房里讨论下一步该怎么办，最后决定让妻子带孩子们去娘家住一阵子，我岳母家在奥地利边界附近。丽贝卡去幼儿园接保罗和法伊，我帮他们预定第二天一早的航班。上网订票时，我顺便搜索了一下，想多了解一些相关的法律规定。我搜索了"诽谤"和"骚扰"，没有发现任何对我们有利的法条。那时候还没有反骚扰法，即便有，我也不知道我们这种情况算不算被骚扰。迪特尔·提比略不是严格意义上的骚扰者，虽然我们经常叫他"骚扰者"——现在仍然这样叫。

那天下午我陪孩子们搭积木，我是一个乐高玩具迷，对建筑师来说这也许很常见，可我不只是搭房子，我还搭汽车和船只。保罗和法伊跟往常一样说个不停，我却一个字也没听见。我的心思全在迪特尔·提比略身上，而且我也累坏了。我已经连续两晚没睡，每当我听到地下室响起马桶冲水声，心中就涌起一股恨意。

晚上，等孩子们睡着后，我出去绕着房子巡视，九点钟一次，十一点钟一次。我感到紧张不安，因为可能随时撞见迪特尔·提比略。我走走停停，仔细倾听周围的动静，思索着跳到车库门旁的木料堆需要多长时间——住在阁楼的那户人家有个壁炉——能不能尽快抄起一根木棒。

第二天早上我开车送妻子和孩子们去机场，我的"行动阶段"正式开始。历史事件必须要按阶段划分，否则无法把握全局。我打电话给当地的青少年福利办公室，要求跟办公室主任讲话。我告诉对方，有人指控我们虐待自己的孩子，但事实并非如此，完全是一派胡言，福利办公室的人可以随时来我家评估我们的孩子。

"你是哪位？"办公室主任问道。我又说了一遍我们的名字，详细讲述了情况，强调我们是清白的。

"虽然我们不想这么做，但还是希望你们可以派人来评估我们的孩子。"我语气坚定地说。

我读过相关文章，知道有对孩子是否遭受虐待的测试。除了回答问题，他们还会让接受测试的孩子画画。我不知道什么应该画，什么不应该画，但我确信我的孩子们一定会画出正确的东西——因为他们根本没受过虐待。话虽如此，我不禁担心，万一他们不小心画出错误的东西——也许是一棵树，心理学家可能会把它解释为阴茎——这个想法太可怕了，我不敢再往下想。

青少年福利办公室的主任说，他头一次遇到有人打电话说没有虐待自己孩子的情况。他会调查一下这件事，然后再答复我。我那时才意识到，我和妻子有点反应过度了——不过这并不能阻止我们。我们要用事实证明我们是正义的一方，我们必须阻止迪特尔·提比略伤害我们的孩子。从这点来看，我们做得再多都不够多，打电话给青少年福利办公室是正确的。

没过多久，青少年福利办公室的工作人员打来电话，说已经通知犯罪办公室跟进调查，并告诉我说，这起案件涉及对不具名人士的指控。我不明白这是什么意思——这完全说不通。为什么是不具名人士？迪特尔·提比略已经指名道姓说我们是罪犯了。

"目前有什么进展呢？"我问。

办公室工作人员说："目前还没有任何进展。"

我担心某个大机构已经开始按照他们的流程处理我们这起案件，他们既没找我们了解情况，也不给我们申辩的机会——最后我们会被嘎吱作响的机器齿轮碾成粉末。于是我把电话打给犯罪办公室，电话以令人惊讶的速度转给处理"针对个人犯罪"的部门。当天下午，我去见了该部门的克罗格女士。

克罗格女士穿着牛仔夹克和牛仔裤，留着一头染成红褐色的短发。她跟我握手时，我注意到她腋下有一把手枪。我们坐了下来，看到她办公桌上摆着一份没有打开的文件，薄薄的文件夹里似乎什么也没有。如果是关于我们的文件，我会觉得安心，可如果是骚扰者的文件，那我不禁要担心起来。骚扰者的文件越厚，越说明他像犯罪嫌疑人。克罗格女士身后的墙上挂着一张海报，上面是两只毛茸茸的小猫。

我向她简单讲述了事情的原委，强调我们是清白的。克罗格女士说，我们的邻居事实上什么也没做，所以警察没有对他采取行动的依据。我问怎样才算有依据。

"例如，你的妻子或孩子受到伤害。"她说。

"我的妻子已经受到伤害——"我说，"语言伤害。"

"我是指身体伤害。"克罗格女士说。

"你的意思是，"我问道，"除非我的妻子或孩子出了事，警察才会管吗？"

"我能说的只有这些。"克罗格说。

"我不明白。"我说。

她看着我，什么也没说。一个男人走进来说："我们就要开始了。"

"我马上来。"她说着站起身。

"请等一下。"我说，"再给我一分钟。"

她又坐了下来。

"告诉我该做什么。"我说。

"争取拿到一张限制令。"克罗格女士说。

"那是什么？"我不明白。

克罗格女士说："法院发的禁令，可以要求你的邻居与你的妻子和孩子保持至少五十米以上的距离。"

"那虐待儿童的指控怎么办？"我问。

她说："你的孩子可能要接受心理评估。"

我无法确定克罗格女士这句话的真正意思。她脸上没有任何表情，没有倾向任何一方——甚至没有表示一丝同情。我有种强烈的预感，他们不会调查任何一方，既不会调查迪特尔·提比略，也不会调查我们。她桌上的文件根本没人看过，而且里面明显没有几张纸，我边想边起身告辞。

我又一次感觉自己回到了原点。不过限制令给了我新的希望。如果迪特尔·提比略必须跟我的妻子和孩子们保持至少五十米以上的距离，他就不能继续住在他的公寓里。他必须搬出去，这样我们就可以摆脱他了。

我打电话给律师，她正在开会，过了两小时，她给我回了电话。她说，她已经考虑过申请限制令，但她认为没有法院愿意发给我们。

"为什么？"我问道，声音中流露出一丝绝望。

"因为他和你们住在同一栋楼里，没有法院会把他赶出自己的家。"她说。

"试一试吧，不管结果怎样。"我请求道。

"好的。"她说。

第十八章

晚上我用马苏里拉奶酪和西红柿给自己做了一顿饭，摘了一些自家花园种的罗勒叶当配菜。吃完饭我打电话给妻子，告诉她我当天做了什么，还有事情的进展如何。我承认我美化了事实，似乎限制令就可以解决我们的问题，根本没提及律师的顾虑，让丽贝卡感觉有希望。不过，我确实提到大幕已经拉开——一场真相不容置疑的演出开始了。我告诉她我很想她，这是真话。

"我也想你。"她说，停了一下又说，"我们能解决的，对吧？"

"对。"我说，"你和我，我们一定能解决。"

我们觉得有点尴尬，也许是因为很久没对彼此说过真情流露的话了。然后我跟孩子们讲了一会儿电话，听他们说在康斯坦茨湖上坐船玩儿有多开心。

晚上，我看了一场电视转播的足球赛，然后出去巡视了一圈，十点半上床睡觉。我躺在黑暗中，一直睡不着，不时瞄一眼闹钟；

我记得最后一次看闹钟是三点钟。我不明白，为什么又有威胁潜伏在我楼下，好像我的童年又回来了。我不想把父亲和迪特尔·提比略画等号，但不管怎样，这种感觉似曾相识。

我现在的恐惧跟小时候不一样，但躺在床上，我仍然感到危险在迫近。现在困扰我的问题是，我有没有足够的勇气来战胜恐惧。我不再确信政府能够帮助我，很有可能我必须靠自己的力量赶走迪特尔·提比略，来保护我的家人。

几年前我们一家人共度平安夜的画面在我眼前不断闪现。我的父母，丽贝卡的母亲和外祖母（我孩子的曾外祖母），科妮莉亚和她的新男友米尔恰，我弟弟没来——他很少参加家庭聚会。他从美国明尼阿波利斯市的圣保罗都会区打来电话，说他没办法跟我们一起过圣诞节，他接了一个大单，做成后他就不是现在这样了，他说会写电子邮件给我，就再没了下文。

我姐姐半年前离了婚，两个月前她结识了现在的男友，一个来自布加勒斯特的罗马尼亚人，在柏林开了家健身房。我姐姐就是在健身房认识的他。我母亲提醒我留意米尔恰，她的原话是"他不太一样"。我一开始对米尔恰的印象不错，他个性开朗明快，非常英俊——身材健壮挺拔。我姐姐以前没交往过这类男人，她一直喜欢没什么上进心的老实人。她没要孩子的主要原因是她觉得前夫没能力养孩子，没等前夫证明自己的能力，她就离开了他。除了帅气的外表，米尔恰还充满了活力。

那年的圣诞节由我妻子负责布置，家里充满了节日的喜庆气氛。我童年时的圣诞树总是小小的一棵，丽贝卡这次用高加索冷杉做圣诞树，树尖被高高的天花板压得弯了下来。我妻子有不错的审美，我们的圣诞树总是装扮得十分优雅喜庆，有时是红色的，有时是白色的，有时是金灿灿的蜂蜜色。我们没有圣诞仪式——我家里没人是虔诚的基督徒，除了科妮莉亚，她十五六岁时偶尔参加宗教活动，大了以后变成忠实的信徒。充满活力的米尔恰跟我印象中的姐姐完全是两类人，这也是米尔恰让我感到意外的一个原因。不过，科妮莉亚没有强迫我们遵守圣诞仪式，而是让我们按自己喜欢的方式庆祝圣诞节。

我们一起去了教堂，回来后大家开始拆圣诞礼物。我很遗憾地说，每年拆礼物时我都觉得两个孩子突然变成了陌生人。当时的情景是这样的：在圣诞树下的半小时里，保罗和法伊兴奋地打开他们的礼物，拆完一个立刻扑向下一个（永远有一座小山似的礼物等着他们），最后他们总是有些失望地问，还有礼物吗？（尽管已经拆完了一座礼物山）——这半小时里，我感觉完全不认识他们。我们不唱圣诞颂歌，不背《圣经》，也不念祷告，拆完礼物后我们一起吃圣诞晚餐。每年的晚餐都是我母亲亲自下厨，菜单也永远不变：塞满红甘蓝和土豆的烤火鸡，餐后甜点是烤苹果。我姐姐一个人做饭前感恩祷告，对于我们其他人来说，这是个尴尬的时刻，因为我们不知道手要放在哪里。桌子上？桌子下？两只手握在一起？一只手放在另一只手上面？眼睛该往哪里看？心里要念什么？我跟科妮莉亚交恶时，她每次祷告我都会做出一副同情或轻蔑的表情。后来我采取中立的态度，用这一分钟时间来发呆——圣诞节过后没多久她就过世了。

假如我们有固定的圣诞仪式，说不定那一年我们全家可以度过一个美好的圣诞节，而不会发生"米尔恰事件"，说不定那个圣诞夜就不会失去圣诞意味，说不定我们应该坚持自己想要的圣诞节——不在圣诞节时争吵，不针锋相对，家人间相互体谅。我们对圣诞节的理解会停止一切纷争。

聚会刚开始时气氛十分融洽。米尔恰对我姐姐体贴入微，对家里的其他女性也照顾有加，包括丽贝卡的外祖母，他总能注意到什么时候该帮她们加勺肉汁或者倒满酒杯。他的友善和周到给我们留下了深刻的印象，我们家人不太会这样对待彼此——在我自己家也一样。米尔恰有说不完的故事，他的故事像一张光滑柔软的大网，把我们全家人牢牢罩住。他讲到 20 世纪 80 年代的独裁者齐奥赛斯库 ①在布加勒斯特建造的巨大宫殿。随着他的讲述，我们跟着他在体育馆大小的宫殿里漫游，沿着没有尽头的走廊到处观看，每个角落都没错过。我们看到壮观的枝形吊灯和金光闪闪的水龙头，遇到很多早已被遗忘的陌生人，他们或者在宫

---

① 齐奥赛斯库（1918—1989）：曾任罗马尼亚最高领导人，后因独裁统治被推翻，并被处决。

殿里巡视，或者在铺设马赛克地板，或者正在擦拭窗台。

米尔恰当过电工，他曾经把成千上万盏灯泡拧进宫殿的墙壁。宫殿大到望不到尽头，整天见不到其他人影。在他的故事中，似乎他才是这个巨大石头王国的真正主人，控制着那里的一切，在建筑材料未能如期交货的情况下依然确保工程进度不受影响。他对齐奥赛斯库独裁统治的认同令我感到困惑，说不定他是因为怀念祖国才这么说，我并没当真。罗马尼亚的国内革命将齐奥赛斯库和他的妻子赶下了台——他们尸体的照片给我留下了深刻印象——米尔恰离开罗马尼亚来到西方，经过一番挫折后他在柏林住了下来。他先是当了一名健身教练，后来接管了健身房。

故事讲到这里——刚好在烤苹果端上桌后——我开始感到不安，因为米尔恰不仅知道怎样塑造身体，还知道如何治愈灵魂，他认为自己拥有超能力。他的双手，就是为齐奥赛斯库的宫殿拧了多年灯泡的那双手，他相信它们拥有神奇的治愈力。他注意到我投来怀疑的目光，立刻跳起身，开始按摩丽贝卡外祖母的脖子。她之前抱怨过脖子酸痛，按摩了片刻，他问感觉好些吗，除了回答好多了，老太太还能说什么呢？她已经九十二岁高龄了。米尔恰得意地瞟了我一眼，一边继续按摩一边讲起最近健身房被小偷光顾的事，他说，上星期一些坏蛋闯进他的健身房，偷走了笔记本电脑和立体声音响。

"结果警察干了什么？"他问。他嘲讽的口气已经给出了答案——什么也没干。"在德国，警察从来不干正事。"米尔恰说。要是那天晚上他刚好路过健身房看见小偷的话，那些家伙绝不可能活到今天。对那些人绝不能心慈手软——否则情况只会越来越糟——德国就是这样变得越来越差的。我说德国是一个法治国家，警察抓住了绝大多数罪犯。

"哈。"他说，手仍然放在丽贝卡外祖母的脖子上。他可以说出一长串警方没有侦破的盗窃案和谋杀案，而且受害者无一例外全是他的熟人。

我看了父亲一眼，要是在过去，父亲早就开始反驳了，但自从上了年纪，他的个性越来越温和，他现在不发表任何意见。他看着米尔恰，什么也没说，像是在默默祈祷——祈祷这个人会善待科妮莉亚，即便现在看起来希望不大。

米尔恰说，德国人太软弱了。他们所做的一切都是为了填饱肚子，成天只想着他们的养老金。他们没有勇气保护自己，德国很快会完蛋。

我起身走到圣诞树旁，从烛台上取下燃尽的蜡烛，换上新的。我不同意他的看法，认为法律可以保护人民，他打断了我的话。他没再继续按摩，手停在丽贝卡外祖母的肩上。

"这里没有男人。"他说，"这里有美丽的女人。"他笑着看了一眼我姐姐和妻子，"最起码没有真正的男人。"

我不知道点亮圣诞树蜡烛这件事应该由男人做还是女人做。

火和做饭关系密切——所以石器时代常常由女人负责烧火。那么点蜡烛肯定不是男人该干的事——是女人的事。从男性角度来看，点蜡烛是一件娘娘腔的事。话又说回来，我看过男人举着火把追击猛犸象的图片，所以当我用加长火柴点亮蜂蜜色蜡烛时，也许我是在延续男性传统。

"好吧，只要我们有美丽的女人。"我说。我用幽默化解尴尬的方法失败了，因为米尔恰并没有适可而止。他大肆批评"吃得太多的德国人"，我们全家安静地听着，就像他刚刚说的——我们太软弱了。这只是部分原因，而且不公平。

那时我们已经知道我姐姐得了癌症——乳腺癌。妇科医生两年前才确诊她的病情，其实她的身体早就出现癌变信号。我姐姐是个认真谨慎的人，坚持定期接受乳房 X 光检查，可那个失职的妇科医生没能及早发现她的病情。等到他确诊姐姐患有乳腺癌时，癌细胞已经扩散到肝脏——几乎等于宣判了死刑。我姐姐跟病魔抗争的决心让我敬佩不已。她接受激素治疗，吃全素，每天早上五点半起床去公园打太极拳。然后，癌症消失了。科妮莉亚认为自己恢复了健康，是癌症幸存者，我们一家人都相信她做到了。其实那时候，我们对癌症已经有了比较深的了解，虽然谁也不说，但大家心里都清楚——癌症会隐藏，会复发——尤其是转移性肝癌。所以，只要是对科妮莉亚好的事，我们都会支持，为她高兴。毫无疑问，交个新男友对她肯定有好处，尤其是她刚经历婚变。如果她选择米尔恰是因为他拥有神奇的治愈能力，我举双手赞成，即便我根本不相信米尔恰的说法。说不定他的床上功夫了得。"性福"同样可以对抗癌症——为什么不能呢？我们无论如何不会做妨碍我姐姐获得幸福的事。这是我们保持沉默的另一个原因，我为此背叛了自己的价值观。

这是双重的背叛，因为一方面，米尔恰发表对民主、文明和法治的野蛮又愚昧的看法时，我保持了沉默。另一方面，我暗自希望父亲能去一趟客房，他肯定在那里藏了一支手枪。每年圣诞节我父母会来我家住一晚，我们特意叮嘱父亲不要把枪放在枕头下面，他在自己家时习惯这么睡。两个孩子很可能会发现父亲的枪，后果将不堪设想。米尔恰的言论让我感到愤怒，我想象父亲用枪顶住米尔恰的头，让他闭嘴，用事实告诉他，我们有能力保护自己。是的，那年圣诞节时我太软弱了，我没有挺身捍卫文明，而选择向野蛮屈服。

除了米尔恰这段不愉快的插曲，圣诞夜还算平静而愉快。最后，米尔恰终于说够了，又开始施展他的魅力，讨所有人欢心。我姐姐自始至终没有开口，她和男友亲密地接吻，低声耳语，好像什么也没发生过——好像没听到任何值得她警醒的事。凌晨时他们两人起身离开，我长舒了一口气。

我躺在床上睡不着时，想到了米尔恰，不知道他处于我的位置会怎么做。迪特尔·提比略很有可能会没命。不然的话，米尔恰会揍到他搬走，或者让他生不如死。我希望米尔恰是个好姐夫，我可以给他打个电话，让他帮我处理这件事。我对自己的这个想法感到羞愧，再说我也不可能给他打电话。和我姐姐一样，他也过世了——他在罗马尼亚遭遇了车祸，比我姐姐走得还早。说实话，我百分百不会打电话给他。我相信法律，现在依然相信，即便我们这起案件让我看到了法律的漏洞。

　　"民主"一词常常让人提不起兴致，它早就被政治家用滥了，可我认为，民主仍然是我们拥有的最好的东西。独裁统治下最让我害怕的人是拥有权力的人——那些无耻的聪明人——为了加强自己的权力，他们会利用让我更害怕的人——愚蠢的野蛮人。我对独裁的恐惧也是对镇压的恐惧，无耻的聪明人会让愚蠢的野蛮人殴打我，因为我喜欢我所拥有的自由。民主是另外一种统治方式，不能对人民诉诸武力或施加暴力。你可能会说民主适合统治弱者。从传统意义上讲，我是个弱者——是的，我承认；我希望通过协商来表明自己的主张，而不是争吵或开枪。民主是用来保护我们弱者的，因为它不主张自相残杀。这就是为什么我们要制定法律，然后让警察来执行法律。问题是，我们的确建成了一个可以保护我们的社会，可当社会制度无法保护我们时，我们不知道要怎样保护自己。我们连打架的念头都不敢有，因为害怕自己的脑浆会迸裂。没有什么东西能像大脑一样，让我们感觉自己如此强大又如此脆弱。

那天晚上我在想，我现在做了一个男人该做的事了吗？我是说一个真正意义上的男人。我的家人得不到国家的保护，只能由我来保护他们。以前我是不是没有尽到责任？我从一开始就没处理好迪特尔·提比略的事——我是不是应该表现得像个愤怒的大猩猩才对？

我听到冲马桶的声音，迪特尔·提比略也没睡，像我一样清醒。楼下传来的声音让我感到羞辱，我不得不想象他擦掉龟头上尿液的画面——如果他那么爱干净的话——然后把他的阴茎塞进内裤。这个男人居然和我渴望同一个女人。这是美丽女性带来的麻烦，因为渴望她们，你就跟其他男人联系在一起，甚至是个白痴，或者像迪特尔·提比略那种变态。我想甩开这个念头，却怎么也甩不掉，我感觉疲惫不堪，于是换个方法，让自己去想别的事，然后我想起了普茶。我看见她在跳舞，穿着豹纹比基尼，踩着高跟鞋，摇摆着紧实的身体。这是那晚我记得的最后画面。

第十九章

　　我起床后做的第一件事是检查公共通道，看看窗台上有没有信，什么也没有。我九点钟出门去火车站附近的洗衣店。那不是一家小店铺，不是那种洗裙子和衬衫的路边小店，更像一家为专业客户提供定制服务的工厂，如服务特殊人群的高档餐厅或民宿。洗衣店经理叫托马斯·瓦尔特，他是地下室的业主，迪特尔·提比略是他的租客。

　　前台小姐带我穿过一扇厚重的钢板门，来到洗衣店的后面。我发现自己置身一个类似小型飞机库的地方，只不过里面摆放的是各种机器，包括巨型洗衣机。洗衣房很热，潮湿的热气将我全身包裹起来。白色的水汽在我眼前蒸腾，耳边是隆隆声和嘶嘶声。穿着白色工作服的工人站在机器之间，隔着蒸汽我没能立刻认出瓦尔特。我问了一下旁边的人，看见他正站在一台机器旁，一个年轻女人正从机器里拉白色床单。我走近时，听到他们正开心地大笑。

我以为他记得我，刚搬来时我们跟其他楼层的业主见过一面。我记得他，但他对我没印象。我告诉他我是谁，问他能不能单独聊几句。瓦尔特说，旁边这个女人来自摩尔多瓦，不懂德语。那个年轻女人没有停下手里的工作，继续从机器里拉床单。

我说，他的租客不断骚扰我妻子——作为房东，他可不可以把房子收回来。我们没办法跟他的租客继续生活在同一片屋檐下。我希望他可以把地下室租给别人，我们会承担相关的费用。我必须大喊着讲话，好盖住机器的隆隆声和嘶嘶声。

"老迪特尔都干什么了？"瓦尔特问。

他对迪特尔·提比略熟稔的称呼让我感到不安。

"他给我妻子写淫秽信件。"我说。瓦尔特的表情告诉我，他没把这当回事儿。

"情书？"他问。

"不是，是淫秽信。"我说，"跟色情有关，变态色情。"

他会意地点点头，然后开口道："迪特尔没给我找过麻烦。"

"他说我们性虐待我们的孩子。"我说。

那个摩尔多瓦女人看了我一眼。她已经把所有床单从洗衣机里拉了出来，正往手推车上放。

"你们性虐待你们的孩子？"瓦尔特用半信半疑的口气说。

"我们没有虐待我们的孩子。"我说完立刻意识到这话听起来有问题。你不需要告诉任何人你不会虐待你的孩子——完全不需要说。汗水沿着我的脸颊往下淌，机器的温度很高，我的衬衫和西装裤粘在皮肤上。

瓦尔特几乎饶有兴趣地看着我。"那迪特尔为什么这么想呢？"他问。

"我不知道。"我说，"我知道的是，我不想和他在同一个屋檐下多住一天。"

"他是个好房客。"瓦尔特说，"社会保障部门为他付租金，钱永远准时到账。你去找过警察吗？他们怎么说的？"他问。

"他们还在调查。"我说。

"很好。"他说，"那我们就等调查结果吧。我们到时候再谈，好吗？"他的语气不算冷淡，可这次谈话等于没有任何结果。

"好吧。"我沮丧地说，心中暗想，应该让妻子来谈才对。她更能坚持自己的立场，我们的分工颠倒了。可我绝不可能让她一个人留在家里面对迪特尔·提比略，而我带着孩子去她妈妈家。

我开车回到办公室，心不在焉地处理了一些工作。

当天晚上我又失眠了，四周一片安静，我不知道迪特尔·提比略这时是不是也醒着，想着我在干什么。我和他相距十到十五米，都盖着被子，枕着枕头，安静地躺在各自的床上。我们的生活可怕地交织在一起——一个是建筑师，有美丽的妻子和两个孩子，过着富裕的中产阶级生活，另一个在福利院长大，没有妻儿，没有工作，靠政府救济金生活。

我在方方面面都强过他，可我担心这反而让我处于劣势，也许有人——社会工作者或记者——会把我们的事演变成地下室的穷人和豪宅的富人之间的阶级冲突。最后，错的一方是我，还有我所代表的阶层，迪特尔·提比略是被迫反抗的一方。人们希望看到他赢我输，舆论的压力最终将帮助他获胜。我的心跳在加速。

第二天早上我去了社会福利办公室。我打过电话，但他们说不方便在电话里透露任何信息。我先在前台咨询，按照指示穿过走廊坐在房间外等候。排队的人很多，我等了很长时间。我扫视着周围排队的人，他们神情各异，沮丧、悲伤和愤怒。我发现到目前为止，我依然没有任何进展。

我终于被叫进房间，里面除了一盆植物没有其他装饰。两个男人和一个女人坐在我对面的圆桌旁——桌上没有文件。我把事情的经过简单讲述了一遍，他们面无表情地听着。等我讲完后，对面的女人说，他们不能告诉我关于迪特尔·提比略的情况，也不能透露他的租金是不是用社会保障金来支付的。他们希望我可以理解，其中一个男人补充道。

"我想我只能理解了。"我说，"不过，我希望你们可以考虑一下，我的邻居可能需要帮助——这是社会福利办公室该做的事吧？"他们耸了耸肩，没有回答我。我留下一张名片，起身离开了办公室。

在走廊里，我撞到一个几乎堵住整个过道的肥胖男人。"对不起。"我低声说。

"下次记得长眼睛。"他在我身后吼道。

死胖子，我在心里说，愚蠢的死胖子。

晚上回到家，我在信箱里发现一封信。不是迪特尔·提比略写的——我一眼就看出来了。笔迹不同，而且信封上盖着邮戳。这是一封律师函，对方通知我们他是迪特尔·提比略的律师，将代表迪特尔·提比略跟我们交涉。信上内容就这么多，听起来像是在威胁我。我觉得这封信的目的就是告诉我们，迪特尔·提比略已经请了律师，他将采取一切手段跟我们斗到底。我在车站附近的一家意大利餐馆吃的晚饭，吃饭时我突然想到，这封信可能是个好兆头，说明提比略决定用法律手段来对付我们。走法律程序对我们有利，不管要花多大代价，打官司需要律师费——钱不够的话，我还可以去想其他办法。

我打电话给妻子，又安慰了她一番。我必须承认，我现在正扮演一个竭尽所能保护家人的男子汉形象——扮演一名勇士——告诉妻子我取得了第一步胜利。事实上，我没有任何进展，警察没给我答复，律师在电话里告诉我，她拿不到限制令。但这些并不能证明米尔恰当年的话就是对的。迪特尔·提比略最近没有任何动静——除了那封律师函，这些日子我连他的人影也没看见。我觉得自己好像在打一场根本不存在的战争。

　　十天后我打电话给妻子，比较真实地描述了当前的情况，她说也许这件事真的过去了。"也许他恢复了理智。"她说。我们决定她明天就带孩子们回家。我们小心点就好。妻子说她不怕迪特尔·提比略，她是担心保罗和法伊。我明白她的意思。我们所有的脆弱和不安，全是因为孩子。

第二十章

无论儿童还是成人，我们永远也无法摆脱恐惧，这是不是很让人无奈呢？除了对父亲的恐惧，我在青少年时期最大的恐惧是核战争。你对军备竞赛不用了解太多，不用知道细节——简单一句话就足以让你后背发冷。核弹爆炸后，一切将被摧毁，所有人将会死去。我从校车窗户望出去，心想，这些房子将全部化成瓦砾，身边这些同学没有一个能够幸存，然后开始感到一阵恐惧。核战争可以让充满一切可能的未来瞬间化为乌有，无人幸免。所有自我安慰的方法这时全部失效。如果坐飞机时我突然感到恐慌，我就对自己说，一定有人能够幸免于难，那个人一定是我。飞机失事的幸存者并不少见，我相信自己做得到。但是没人能在核战争中幸存，应该也没人希望能够幸存。在一片充斥放射性物质的荒原上，孤零零一个人活着能做什么？老鼠变得像狗那么大。我对基因突变了解得不多，虽然没人跟我讲过，但我知道核辐射能将普通生物变成怪物，让人罹患癌症。对核战争的恐惧是对死亡的恐惧和对生存的恐惧。所以，核战争才会如此可怕。我经常在夜里无法入睡，想象世界会突然消失，我自己会突然消失。

所以我后来成了一名和平主义者，当然，父亲的枪也起了很大的推动作用。我十六七岁时迷上关于裁军的书籍和文章。我很快就弄懂了那个特殊时代所有缩写词和口号的含义：SALT I(《美苏关于限制进攻性战略武器的某些措施的临时协议》)、MIRV（分导式多弹头）、"灵活反应，恐怖制衡"、SALT II（《美苏限制进攻性战略武器条约》)、苏联 SS-20 中程弹道导弹、潘兴 II 型地对地弹道导弹、销毁导弹的零选择①。我在卧室门上粘了一只蓝色背景的白色和平鸽。我粘在门外侧，故意给父亲看的。他已经很多年没有踏进过我房间。如果我的音乐声（那时我喜欢雷鬼音乐）太大，他会在楼下朝我大吼，万一我没听到他的喊声，他会猛地推开我房门，对我再吼一遍，但他不会进来。

1981 年 10 月，和平运动的支持者在当时的西德首都波恩举行示威活动，我和几个朋友打算一起去参加。我们抗议西德总理赫尔穆特·施密特承诺遵守北约"双轨决议"，施密特担心华沙组织与北约组织之间日益加剧的不平衡现象会对德国不利。施密特认为，我们必须迫使苏联同意限制武器部署，而唯一的解决方案就是我们先部署类似武器。这是疯狂的行径。

举行示威活动的时间刚好在我毕业考试前夕，因为和平运动

---

① 零选择：全面取消核武器。

关乎人类存亡，我们决定请假也要去。老师们分成两派：一派反对北约的反军备决议，同意我们去参加示威活动；另一派支持赫尔穆特·施密特，不准我们请假。校长最后决定，示威活动当天我们必须留在学校上课，但是支持我们的一位老师说，我们不会因为缺课受罚，于是问题有了答案。

我们搭火车前往波恩。东德的边防警察检查我们的身份证时态度非常友好，没有搜身，没有冷眼。我第一次看见那些穿着灰色制服的男人和女人露出笑容，他们离开后车厢安静下来。我们看过保守派报纸的新闻，称我们是东欧集团的第五梯队，正帮助勃列日涅夫实现对全世界的统治。我们放声大笑——我们对社会主义没有任何好感。我们经常去东柏林，发现难以接受他们的生活方式。我们希望和平，想要拯救世界，相信每多一枚火箭，核战争爆发的可能性就大一点。我们被当成华沙公约组织的盟友了。火车启动后，我们的情绪有些低落，于是开了一瓶马提尼酒，大家一起举杯庆祝，但没敢喝太多。和平示威活动必须认真对待，我们不能让自己喝醉。火车夜里抵达波恩，我们先在车站附近闲逛了一会儿，然后在莱茵河畔的长凳上瑟瑟发抖地度过了后半夜。

第二天，站在慕尼黑宫廷花园拥挤的人群中听关于和平与裁军的演讲时，我想到了父亲。我们已经很多年没有平心静气地讲过话了，我和父亲唯一的交流方式就是我故意激怒他。后来他不再生我的气，根本不再理我。我不想拿当时的美苏关系来比喻我和父亲的关系，我和父亲都没有消灭对方的想法，我们之间也不需要武力制衡。不过有一个术语倒是如实地反映了我们的相处模式——紧张共存。我决定将我在官廷花园学到的和平主张带回家。

我先找母亲谈话，我知道父亲的那些枪也让她感到痛苦。战争带给母亲的创伤远远超过父亲，她希望远离枪支。她选择了父亲，并且跟他一直相守到现在，不得不说这是爱的奇迹。跟我预期的一样，母亲同意我的计划。于是，一天下午，趁着父亲在汽车专卖店的时候，我、母亲、姐姐和弟弟四个人制订了一份放弃武器协议。我已经读过和听过很多裁军文章，知道协议要怎么写。我滔滔不绝地讲解信任建立机制和协议备忘录，直到弟弟抱怨说一个字也没听懂。"无论如何，"我说，"我们绝不妥协，必须让父亲同意。"

"你，"我对弟弟说，"必须戒烟。"

"他不抽烟。"我母亲说。

"他抽烟。"我说。

"我不抽烟。"弟弟说。

母亲很生气，跟弟弟相比，她更相信我。最后弟弟答应戒烟，前提是我们必须答应他一个条件，就是不许告诉爸爸他抽烟的事。

"不然的话，他扔枪前一定给我最后一枪。"弟弟说。

"你父亲不会朝自己的孩子开枪。"母亲说。戒烟的事从此不了了之。

姐姐比弟弟还难对付。在我父母眼里，姐姐几乎做什么都是对的。

弟弟说："科妮莉亚可以重新学射击。"姐姐十八岁时放弃了射击，我们都看出父亲当时有多失望，可他什么也没说。

"不能提她重新学射击的事，我们要谈的是放弃武器。"我说，"这完全违背了会谈的原则。会谈的目的是让世界更安全，而不是更危险。"

"我练射击也不会让世界更危险。"姐姐说，"我只打靶子。我跟你不一样，我能打中。"

她是在向我挑衅，要是在过去，我一定反唇相讥。但我对今天的会谈非常认真，于是我强压住怒火，什么也没说。

"你不要总这么自以为是好不好？"姐姐说，"爸爸一定会交出他所有的枪。"

我忍无可忍了。

"看来你真是蠢到上帝也拿你没办法。"我冷笑道。

母亲打断了我们，调解纷争是母亲在家中最常扮演的角色。母亲的确擅长调解，我们的讨论终于有了结果，列出了我们愿意为父亲改进的事：收拾整理物品，修剪草坪，缩短淋浴时间，不把自行车放在车库门前，听音乐时戴上耳机。母亲同意去重修驾驶课。她停车时总发生剐蹭，弄得汽车上满是划痕和凹陷。

"那我们对他提什么要求？"我问。

弟弟说："卖掉所有的枪。"

"'零选择'，全部处理掉。"我说。

"你太自作聪明了。"姐姐说。

"也许我们可以要求他先卖掉一半。"母亲说。我们大家表示同意。

我建议在树林里散步时由我一个人跟父亲提。我想起小时候和父亲散步时愉快的谈话，他向我描述以后我们两个一起去探险的情景。其他人表示反对，他们也想参与。我姐姐大概认为，如果她不盯住我，她个人将要对家庭和平进程做出巨大牺牲。最后，我们决定晚餐时跟父亲谈。

谈判失败了。我准备了一篇很长的演讲，旁征博引地讲述了世界局势，父亲没有任何反应。等他明白我们的企图后，只说了一句话："绝不可能。"我们据理力争，父亲只是沉默地吃他的火鸡腿，脸色越来越阴郁，最后他突然扔掉手上的刀叉，起身冲了出去。直到今天父亲也没卖掉一支枪——也从没用过一支枪，警察把他的枪全部没收了。

这场灾难性谈判之后，我又在家里待了不到一年的时间。毕业考试结束后我离家去上大学，和父亲彻底不再讲话。

后来我常常回想自己的这段少年时光，思考到底算好还是不好，却一直没有明确的结论。好的一面当然有：交到朋友，认识初恋女友。我擅长跟人打交道，而且是学霸，招人喜欢，也受人尊敬。可一想起我时刻担心自己和弟弟会被枪打死，又觉得自己的少年时光罩上了一层阴影。我有一个快乐的童年，不快乐的少年。更糟糕的是，我的少年时期没有父亲，他对我态度冷漠，甚至充满鄙视。不过，我有一个自己的理论，生命历程早期的不幸会转化成后期的幸福。我一直想逃——逃离父亲的那些枪——于是我有了人生目标。我从那时就有了自己的抱负，现在依然如此。这些痛苦经历让我今天成为一名成功的建筑师。用这个理论来解读我的少年时光多少能说得通，可我同时又有些担忧，那要怎么解读保罗和法伊的早期生命历程呢？他们的父母竭尽所能希望他们开心幸福，生命早期的幸福能保证他们以后一直幸福吗？我不知道。

即便是最美好的记忆，也不见得全部是真实的，记忆会出现偏差。不久前，我在慕尼黑一家酒店偶遇一位校友赛义夫，一个早就失去联系的朋友。见到赛义夫就像见到年轻时的自己，不过那个年轻的我似乎是个陌生人。很长时间以来，我一直认为自己是一个——我眼中的自己和别人眼中的我——性格温和的人，但赛义夫让我开始怀疑这一点。见面后我们当然聊到很多往事，聊着聊着他问我记不记得一件事，当时让他相当震惊。他说我在教室门外跟施伊法克打过一架——还记得施伊法克吗？我隐约记得有这么一个人。我忘了施伊法克姓什么，赛义夫也想不起来了。

"你赢了。"赛义夫说，"你骑在他身上，抓着他的脑袋往地板上撞。"

"不会吧，我不会干那种事。"我说。

"你就是那么干的。"赛义夫说。

我没理由怀疑他的话，有点让我感到震惊：我揍过人，可我一点也不记得了。如果我连这样一件足以彻底改变对自己认知的事情都不记得，我又怎么可能认清真实的自己？

那么，我该如何描述自己的经历呢？也许，父亲盛怒之下，真的曾经用左轮手枪顶在我头上，威胁要扣动扳机。跟赛义夫见面后，每次我再说起自己的经历时都感觉不太确定。永远都有一些未知的东西等待我们发现。

最近我又有了更担心的事，因为那些没发生的事也许会变成你的记忆。我有时担心，孩子们有一天可能认为曾经被我和妻子性虐待过。毕竟，有人提过性虐待这件事，虽然造谣的迪特尔·提比略是个脑子有问题的人，可性虐待已经成为我们家绕不开的东西。保罗或法伊可能无意中听到这个词，将来有一天他们遇到什么糟糕的事情时，他们可能会误以为自己被性虐待过。

第二十一章

妻子带着孩子们从岳母家回来后不到二十小时，她在公共通道的窗台上又发现了一封信。她打电话到我办公室，说迪特尔·提比略写信告诉我们，他分别向 RTL 电视台、Sat.1 电视台和图片报发送了电子邮件。他在信中说，我们大家都清楚，他们会感兴趣的。妻子说她拿着那封信冲到地下室"质问"他，我猜她应该是冲下去大喊。迪特尔·提比略只是咧着嘴笑。

我把这封信交给律师，复印了一份给犯罪办公室的克罗格女士。她们都说这封信没什么意义，可对我来说却意义重大。回想起来，这就是我称作"监视阶段"的开始。晚上我开车朝我家的街道转弯时，总觉得会看见路边停着一排各种媒体标志的采访车，周围是拿着麦克风的记者和摄影师。路边什么也没有，但是有一个摄像头一直跟着我拍摄——我自己的摄像机，在我的脑海里。我透过镜头观看自己的生活，一个没有虐待儿童的男人的生活。

带保罗和法伊去游乐场时，我会注意自己的言行要像一个没虐待过孩子的人。我不知道该怎么做，所以我只是跟平常一样，但我现在会有意识地变得严肃一些，时刻提醒自己一定要表现正常，我是个没虐待过孩子的人。在我大脑拍摄的影片中，警察、侦探、记者和社会工作者正注视着我的一举一动。我透过他们的眼睛看着我自己，我忍受着他们苛刻的目光。我是个严格遵守法律的人，一张口香糖包装纸掉地上也要捡起来。我过去没乱丢过垃圾，现在也不会，只不过我现在是按照一个没虐待过孩子的男人的标准要求自己。

因此，我的日常生活，我的正常生活，成了一场表演。我装作不会害人，装作不会虐待儿童。这种故意装作的"不"其实等于某种形式的"是"，而故意装作"没虐待过儿童的人"就等于某种形式的"虐待儿童的人"，这是我的逻辑，我的真实感受就是这样。在肯定我自己不是那种人的过程中，一些从未想过的画面在我眼前不断闪现。我看见我在对孩子们做一些事，那些事情我过去、现在、将来都绝对不会做。我不再是我自己，我是自己的反面，自己的对立面。在此之前，我一直同迪特尔·提比略打架，如果也能称作打架的话。我是跟一个陌生人打架，楼下的男人，地下室的疯子，有时气极了也叫他浑蛋。现在这一切结束了。他慢慢渗透到我身体里。我变成跟自己打架，跟我脑海中挥之不去的念头和画面打架。我甚至没跟我妻子说过这些，因为我为自己感到羞愧。

经过很长时间的努力，我终于觉得自己进入了中产阶层。中产阶层不会跟枪扯到一起，虽然我是在到处是枪的环境中长大的。射击在传统上是贵族阶层的运动，但在社会底层，拥有武器往往跟犯罪活动联系在一起。那个古板的中产阶级德国人别格开了无数家商店，让自己的名字成为所有东西的代名词。我们的名声是一件严严实实的斗篷，可转眼间就能化为一堆碎布。所以中产阶级才会如此焦虑，我们仰赖的是他人的善意。光有正直和体面是不够的——你必须被大家公认是正直和体面的。一个谣言，一个没来由的谣言，就足以毁灭你。

我仿佛看见自己成为报纸的头条，虽然那家报纸我从没看过。报纸摆放在车站报亭，上面的惊悚标题似乎在朝我大喊，逼我去面对那些我不想知道的事情。某明星建筑师是儿童虐待者吗？一个这样的问题就足够了。答案不言而喻，你彻底完蛋了，我不是什么明星建筑师——差得远了。我有专长，也有一定的知名度，但我不是西班牙创新建筑师卡拉特拉瓦，也不是鸟巢设计师赫尔佐格，更不是德国建筑师科尔霍夫。记者喜欢在标题中用"明星"这样的字眼夺人眼球。如果我在车站报亭看到报纸标题是"足球明星殴打教练"，我就知道打人的球员是二流球队的。如果打人的是巴斯蒂安·施魏因施泰格，报纸标题会是：巴斯蒂安·施魏因施泰格殴打教练。明星会直接写名字；无名之辈才叫明星，这就是游戏规则。我会是一位明星建筑师，这样读者才能感觉落差很大。从明星到虐待儿童者，啊哈，堕落的人渣。

"你和你的中产阶层价值观。"弟弟有时会大笑着对我说这句话。例如，一次晚餐聚会时，我说投票是中产阶层的责任。

"你说的中产阶层指什么？"一位记者女士问，她尖酸的语气让我立刻意识到她话里有话：我不属于中产阶层。

那天参加聚会的有：女记者和她丈夫，一位投资银行家；戏剧导演和他的男伴，自称是美术馆馆长，但目前还没有美术馆；肺病专家和他新交的女友，一位家庭事务部的公关；以及我弟弟，他一向独来独往。在女记者问我中产阶层的问题之前聚会十分愉快。晚餐的主菜是野猪，我父亲打了一头野猪，送给我们一整条野猪腿和一大块背脊肉。野猪肉搭配的是上好的黑标葡萄酒，精酿葡萄酒的颜色很深，把大家的牙龈都染成了蓝色。吃野猪肉前我讲了一点父亲的趣事，说我家车库里总是挂着野猪肉块、鹿臀尖和野兔——我姐姐很伤心，她为死去的动物感到难过。姐姐从来不吃那些野味，我和弟弟高兴极了，这样一来我们有更多肉可以吃。

肺病专家的新女友我们以前没见过，我的话引起她对我父亲极大的兴趣。我说了父亲收藏的大量枪支，也聊了一点父亲的个性；我弟弟时不时地插一两句话，那位公关女士一直盯着弟弟脖子上亮闪闪的文身看，那个蓝色文身是某种邪恶生物的脸，我弟弟自己设计的，说是中世纪德国魔术师克林索尔。我们继续聊了一会儿。我父亲永远是个好话题，每个人都听得很入迷。如今枪已经不再是正常生活的一部分，还有什么比听到非正常生活更有趣的事呢？

我聊完父亲的话题后，没有美术馆的美术馆馆长告诉我说，我提到父母家时说的是"我家"。

"真的吗？"我怀疑地问，投资银行家说他也听到了。我弟弟咧嘴笑着说："你就是这么说的。"

"这才是我家。"我说着看了一眼丽贝卡，然后大家开始议论自己是从什么时候不再把父母家称作"我家"。女记者说她一直管父母家叫"我家"，她每次去雷根斯堡的父母家时会说"回我家"。肺病专家说是有了孩子以后。我妻子说，等到你不再去父母家过圣诞节，而是邀请他们来你家过圣诞的时候。

我打开今晚的第六瓶黑标葡萄酒，桌上还有半瓶喝剩的酒和一整瓶没动过的酒。黑标葡萄酒需要先醒一下，多年的聚会经验让我能够很好地把握晚餐的节奏。今天客人们喝酒的速度不算快，两个酒量好的，一个喜欢慢慢品，其他人只是喝酒助兴。大多数人都低估了 14.5 度葡萄酒的后劲儿。

我的话引起女记者的激烈反应，大家的话题开始转向政治。现在我必须解释"中产阶层"的意思，这对我是轻而易举的事。关于中产阶层我有很多自己的看法。

"教育肯定是必不可少的。"我说，"包括让自己不断提升，保持冷静克制也很重要。"我继续说，"中产阶层不会喜形于色，也不会歇斯底里。"

财富同样重要，但不是决定因素。真正的中产阶层认为他们的生活不会受制于财富的多少——如股价、股息和利息。家庭也是中产阶层的象征——家庭成员间的关系长期稳定。中产阶层拥有体面的生活方式，同时有着一些不为人知的秘密——至少有这种可能性——而且绝对守口如瓶。中产阶层关心国家大事，对政治尤其关注，他们深知自己现在的生活与政治息息相关。他们对自由非常看重——我最后说道，我故意把自由放到最后才说，像是随便一提。

我说完后，餐桌旁一片沉默。我喝了一口葡萄酒。我弟弟一直专注地听我讲话，似乎有些同情地看着我，对我举了举手中的酒杯。

女记者开口了："在我看来，中产阶层主要跟出身有关。"我知道她父亲从她祖父那里继承了一家小服装店，后来发展到中等规模。我能说什么呢？她对中产阶层的定义明显把我剔除出去了，因为我刚讲过父亲的事，她很清楚我的出身。我被她的话深深刺痛了，一时间竟想不出反驳的话。

"这太封建意味了吧？"我妻子立刻帮我说话，"中产阶层的地位是自己争取的，贵族的头衔才是继承的，难道不是这样吗？"妻子的话引起大家的兴趣，除了那位公关女士，她正忙着回复手机短信。大家七嘴八舌地发表自己的看法，我还在生闷气，没留意他们说了什么。

晚餐结束，最后两位客人也结伴离开了，大家告辞前向我们表示感谢，说度过了一个愉快的夜晚。

"你干吗那么在意呢？"我们回到厨房坐下时弟弟问，他脚步有些不稳，不完全是葡萄酒的作用，更多是被客人们送我妻子的鲜花熏的，鲜花插满了厨房桌上的四个花瓶。"你知道爸妈是什么人。"弟弟说。

"我们跟爸妈不一样。"我说，"至少我不一样。"

"没那么简单。"他说，"你到什么时候才能明白，一个人根本摆脱不了自己的出身？"他咧嘴一笑。我弟弟有时笑得非常邪恶，不是说他的相貌邪恶，他总是一脸友善，而且十分孩子气，是他脖子上阴森的文身给他的笑容带了一抹邪气，那张人脸跟我弟弟的脸似乎重叠在一起。

我瞪了他一眼。我现在正想找人出气呢。他说我自命不凡、墨守成规、愤世嫉俗、患得患失、可悲可怜。我说他不负责任、虚伪做作、幼稚可笑、不劳而获、不可理喻。我们这么说其实都是出于嫉妒——我嫉妒弟弟的自由随性，弟弟有时也渴望我这种安定的生活——当我们开始互相指责彼此对爸妈的恶劣态度时，我们都动了真气。

我说："你靠爸妈养你。"

他说："你一直跟爸爸对着干。"

我们常常这样争吵，这是我们消除误会、发泄愤怒和不满的方式。争吵过后，我们会告诉对方，这辈子能当兄弟有多幸运，要是没有对方不知道该怎么办。但这次，我妻子打断了我们，让我去卧室睡觉。我们互相拥抱了一下，我妻子和弟弟，我和弟弟。"多好的一对。"弟弟说。

那段时间，我和丽贝卡没上过床，地下室的迪特尔·提比略让我们失去了正常的性生活。有一次我巡视时发现灌木丛里有一个梯子，就在我们卧室窗户正下方。所以他一直在偷看我们。他看见我达到性高潮，看见我妻子赤裸的身体和她优雅可爱的模样；也许他还听到了我做爱时说的下流话。他看到我们做爱的过程。对他的厌恶影响了我和妻子的性爱，我们的情欲被他贪婪的目光扼杀了。

除了不再做爱，我和妻子相处得十分愉快，外界的威胁让我们更加贴近对方。我不再逃避丽贝卡，我们互相拥抱，彼此安慰，谈到了我们共同的目标和正在进行的抗争。我们的婚姻似乎再次变得完美。我们只是将迪特尔·提比略带进了"无论如何世界"，此外没有任何改变。接着又发生了一件事，让我至今想起来都感到痛苦。

一天晚上，大概是丽贝卡从娘家回来后三四周的时候，我又去了卢娜餐厅。最近迪特尔·提比略没有任何动静，我们猜他说不定主动放弃了，那我们以后就不用再害怕他了。不过，我们不敢掉以轻心，只要我们和他还生活在同一个屋檐下，迪特尔·提比略对丽贝卡和孩子们仍然是种威胁。即便如此，那天晚上我还是去了卢娜餐厅。

我觉得我不是故意的，这一切完全是下意识的，像是在梦游，莫名其妙地我就在餐厅了，一边画草图，一边享用六道美食。我吃完第四道菜，啤酒炖牛脸配栗子和菊苣，等着侍者端来第五道菜，蒙特芝士火锅配核桃面包、雪梨和芹菜。我猛地意识到，我坐在这里等于是不顾妻子和孩子们的安危，紧接着我又自我安慰，迪特尔·提比略不太可能闯进我家伤害他们。

我从草稿本上撕下一张纸，发出刺耳的声音，周围的人停止低语，目光全部转向我——一个独自坐在餐桌前的奇怪男人，面前摆着白兰地火焰粗面包配姜枣果酱和奶油冰淇淋。这让我比平时更觉得尴尬，我脑子里突然冒出一个念头，也许我并不希望解决我的婚姻问题。

我放下勺子，对眼前的姜枣果酱失去了胃口。我安慰自己，有时脑子里冒出的荒谬念头是没有任何根据的，可我不知道这到底有没有科学依据，也不知道这是不是我为说服自己而编造的理论。我没再往下想，但也没点餐后酒或咖啡，甜点没吃完我就离开了餐厅。我开车回家，一路上心在狂跳。

迪特尔·提比略正在看电视。我放下心来，我相信他不会冷血到杀完三个人还能坐下来欣赏电影。孩子们安稳地睡在床上，妻子发出轻微的鼾声，家里没有任何血迹。我刷牙时暗暗发誓，以后绝不再抛下家人。

第二十二章

接下来的几天，我又去了犯罪办公室和律师办公室，依然没有任何结果，没有任何进展。6月2日，我妻子打电话到我办公室，她的声音比平常更加尖厉。我女儿邀请了朋友奥尔加来家里玩儿，两个孩子玩儿了一会儿后，丽贝卡准备开车带她们去郊外兜风。她刚一出家门，迪特尔·提比略就从地下室走出来对我妻子说，他听到她在性虐待法伊和奥尔加，她必须待在原地，不准离开，警察很快会到。

"你虐待孩子。"他对丽贝卡说。这是他原话。丽贝卡愤怒地对他大喊，警车到了时她仍然在尖叫——来的是雷丁格警长和他的同事。丽贝卡和两个孩子站在一旁，迪特尔·提比略向警察指证她虐待儿童。只要接到虐待儿童的报警电话，不管指控真实与否，警察必须处理并记录在案。两名警察做完笔录后开车走了。我妻子回家后立刻打电话给我。

"我马上回家。"我立刻叫了辆出租车往家赶。

我到家后直接冲到地下室，边按门铃边用力敲门，对着里面的人大吼大叫。我不知道自己当时喊了什么，气愤之下我不记得说了什么。大概是要揍迪特尔·提比略一顿，还有他是个变态，应该去看病。我确定没有威胁要杀他，可他却报警说我要杀他。

一小时后，处理迪特尔·提比略上次报警的警察再次来到我家，询问迪特尔·提比略指证我威胁杀他的事是否属实。我不记得自己威胁过他，我当场否认，非常肯定自己没说过。警察态度很友好，从他们的表情看得出来，他们相信我们的话，并不相信迪特尔·提比略的指控。我问他们，我接下来该怎么做，他们耸了耸肩。

"换作是你，你会怎么做呢？"我问。

雷丁格警长照旧耸了耸肩，另一个警察咧嘴一笑，把手放在后腰的枪套上。也许他只是刚好换了个姿势，可我当时觉得，他是在暗示我，可以用枪来解决问题。

我灰心到了极点。要是连警察都认为唯一的解决办法是靠我们自己，那法律完全是一纸空文了。警察走后，我告诉丽贝卡我的想法，她跟我一样。

保罗去找朋友玩儿了，等他回来后我们全家坐在厨房桌子旁，我和妻子向孩子们解释迪特尔·提比略报警指控我们的事。我们必须这么做，法伊已经听到别人说她妈妈虐待儿童。我们还没教过女儿性知识，所以我必须从头讲起，没过多久，从法伊咯咯的笑声中我知道她对性已经有了一个模糊的概念。

我清了清嗓子。"迪特尔·提比略，"我说，"说妈妈和爸爸对你们做了坏事。"

我一生中说过的所有话中，这句话最难说出口。法伊一脸困惑地看着我，保罗开心地笑了。

"你们没做。"法伊说。

"没做。"保罗说。

我知道这是孩子们能给出的唯一答案，但我感到如释重负。

"他为什么这样说？"保罗问。

"他是个可怕的人。"妻子说，"我们对他什么也没做，但他对我们很坏。"

我们向孩子们保证，说迪特尔·提比略没办法对我们做任何事——我们会非常小心，他们很安全。

"不然布鲁诺叔叔会来揍他。"保罗说，"他就再不敢了。"

"是的。"我说，"要是他做坏事的话，布鲁诺叔叔会狠狠揍他一顿。"孩子们笑了起来。"我也会揍他。"我说。

丽贝卡把手放在我手臂上，信任地微微一笑，她知道我在想什么。为什么孩子们希望我弟弟保护他们而不是我呢？当然，这是有原因的：每次布鲁诺来看我们，他会跟孩子们在屋子里追逐玩耍，在花园里教他们种花草；他充满野性，脖子上文着邪恶的魔术师，给孩子们讲他在南美洲和非洲的冒险故事。孩子们喜爱并崇拜布鲁诺。当然，他们也爱我，这点毫无疑问，但在他们眼里，我是一位温和的父亲，可以陪他们搭积木和做游戏，但绝不会动手打人。所以，要揍人时他们会立刻想到布鲁诺叔叔。我之前从没在意过，可现在我感到有些受伤。

等孩子们睡着后，我和妻子又坐回厨房桌子旁，讨论接下来该怎么做。我们对政府机构不再抱有任何希望，他们根本不会帮助我们。

"我们应该搬家吗？"我问。我们之前讨论过搬家的事，最后决定还是不搬。搬家的好处显而易见——我们可以摆脱楼下的怪物，不用再为此烦恼。但是，我和妻子一致认为，我们不应该是被赶走的一方，我们是对的一方，不应该向错的一方屈服。我们喜欢现在的房子，这里是我们的家，中产阶层的象征，晚年的保障。两周前我们讨论过一次。现在我们比那时更绝望。我愿意搬走，但我妻子坚持不搬。

"绝不搬。"她说，"要搬也应该是那个下等人搬。"丽贝卡说完起身离开了房间，不一会儿我听到她刷牙的声音。

丽贝卡的说法让我感到有些吃惊，我相信她绝没有纳粹思想。她不是将迪特尔·提比略归为劣等人种，她是指建筑空间。她说他是下等人的意思是迪特尔·提比略住在楼下，我们的下面。

接下来的两周平安无事。我们在"无论如何世界"里继续生活。尽管我发誓不再抛弃家人，但一天晚上，我还是去了白鲸餐厅，当地唯一一家我没去吃过的星级餐厅。我品尝着橡木炭烤幼鹿肉，柑橘、姜和甘草让鹿肉更加美味。我跟一旁的侍者聊着葡萄酒，我觉得葡萄酒太浓烈，掩盖了嫩鹿肉的味道。侍者突然异样地看了我一眼，脸上露出吃惊和略带嫌恶的表情。这时我感觉左鼻孔下面有点痒。

"你鼻子流血了。"侍者说。

我用左手食指的指尖碰了下嘴唇上方，感觉到有黏稠的液体。我把手指举到面前，指尖有血，我的血。侍者恢复了亲切镇定的神情，递给我一条浆洗过的餐巾。

"你不舒服吗？"他问。

"没有，没事。"我急忙答道。我的鼻血流得不多，但流了很长时间，挺括的餐巾渐渐被鲜血染红。假如这时有人在旁边，我会感到非常尴尬，但独自一个人更是难受。一个男人自己在一家顶级餐厅用餐，原本就令人起疑。大家会疑心他偷听隔壁桌的谈话，认为他个性孤僻，连妻子和朋友也没有，鄙视他撕草稿纸时发出的噪声。现在他开始流鼻血，成了一个病人，让人避之唯恐不及，他毁了大家的用餐心情，毁了他们五百欧元的晚餐。他不去找个没人的角落，而是来餐厅强迫周围的人感受他的孤独，更过分的是，这个可悲的人把鼻血流得到处都是。

鼻血止住后我立刻结账，没吃完晚餐就起身开车回家。我妻子正蜷缩在沙发上看小说，隔了一层楼板，下面就是迪特尔·提比略的房间。我在门厅停下脚步，指着地板说："破坏我们家的那个人不是他——而是我。"

第二十三章

我和丽贝卡是在大学食堂认识的，我们那时都在波鸿上大学。高中一毕业我就去了波鸿，不仅想远离我父母，也想远离他们的城市——柏林。我很久以前就想学习建筑，我喜欢画画，学建筑是一件顺理成章的事。去波鸿也有一个坏处，如果留在柏林的话，我可以不用服兵役。可我不在乎。

我租了套一室的公寓，一边学习建筑一边利用业余时间在工地打工。我的征兵通知随时会寄到，但我等了好几个月才收到。我接受完征兵身体检查后开始申请免服兵役，理由是基于道德和宗教原因不愿服兵役。参加听证会是标准流程，听证会成员是几位老人，其中一个人在战争中失去了一条胳膊。他们先是问东问西，最后终于问到了关键问题："假如你和女朋友走在树林里，三名俄罗斯士兵突然拦住你们，想要强奸你女朋友。你手里有枪，能阻止他们。你要怎么做？"

我早就知道该怎么回答这个问题。有好几种答案能让你过关，即便你用枪制住俄罗斯士兵，甚至开枪杀死他们。我知道回答的技巧，有书和讲义可以参考。但我决定使用另一种策略，我说："我在任何情况下都不会开枪，我绝不杀人。我会用谈判的方式阻止他们。"

"可他们不听劝阻。"独臂老人说道。

"我不会开枪。"我说。

"你的女朋友被强奸了——你想要这种结果吗？"另一个老人问。

"我当然不想。"我说，"可我不能开枪。我做不到。"

"结果你的女朋友被强奸了。"独臂老人说。

"我不对人开枪。"我说。

同一个问题来来回回问了好一会儿，然后他们让我回避一下，说要商量听证结果。我的免服兵役听证通过了。听证委员会主席说，他相信我最终会开枪，我无法反驳他的说法，因为他们并没有否认我是和平主义者。于是我不用服义务兵役，只需要完成社区服务。我决定先读几个学期再去做社区服务。

我的大学生活开始了，跟所有学生都一样，无所事事、喝啤酒、打牌、交朋友——偶尔交个女朋友，又很快分手。圣诞节时我回父母家过节，家里没有任何变化。我姐姐在美术学院读时装设计，住在家里，弟弟还在读高中，也在家住。家里布置了一棵小小的圣诞树，吃过火鸡后父亲照常去一旁看书，母亲跟我们一起玩拼字游戏，一派平静祥和的气氛。

　　大学第四学期时，一天弟弟突然出现在我家门口，他说："我要跟你一起住。"我不想这样——我不希望他辍学——可我又不能把他拒之门外。于是，我的客厅成了他的房间。我们一起在建筑工地打工，一起喝酒、争吵、打架。我安慰那些为他伤心的女孩，有时也会跟那些女孩上床，不过我会事先跟弟弟打招呼，确定他不会在意。起初我们相处得很开心，后来弟弟开始彻夜不归，不知道他去了哪里，等到早上我才看见他人影，我猜他大概去参加聚会。后来他告诉我说，那段日子里他"除了杀人什么都干过"。

　　有几个晚上，他嗑药太多，担心他睡着了再也醒不过来，我会为他连续读好几小时的书。我为他读《指环王》小说，那时小说还没拍成电影，喜欢《指环王》的人都是感觉自己是与众不同的人。我对着弟弟呆滞的眼睛读书，不让他昏昏睡去。有时我会突然提高声音惊醒他，要是他垂下的眼皮一直抬不起来，我会拍醒他。弟弟就是从那时开始画画的，他用钢笔临摹《指环王》里的插图。他未来职业的起点也是从那时开始，我觉得有些自豪，是我促使他走上了这条路。

　　一年半后弟弟消失了，那时我已经开始在养老院完成社区服务。一天晚上我回到公寓，发现厨房桌子上有一张字条，上面写着：大哥，多谢。我走进弟弟的房间，他的东西全部不见了。我到处打电话去问，没人知道我的弟弟去了哪里，我母亲和姐姐也不知道。我们都为他感到担心。六个月后，我收到一张从乌拉圭首都蒙得维的亚寄来的明信片，上面一半是图画，一半是文字。如果我没理解错的话，布鲁诺参了军，现在正随着莫尔得斯号驱逐舰环游世界。

"您能想到吗？"我问母亲。

"他像你爸爸。"母亲说。

"那我呢，我又像谁？"

"你也像你爸爸。"她说。

重返大学的几个星期后，我在学校食堂遇到了丽贝卡。当时我正一个人坐在桌子旁，蘸着番茄酱吃鸡块，丽贝卡走过来说："我想认识你。"我很惊讶，不知道该说什么。"可以跟你聊一聊吗？"她问。

"可以啊。"我说。

我之前在学校见过丽贝卡几次。她留着黑色长发，深色皮肤，身材丰满——不是胖，是性感的丰满。她眉心有一颗痣，几乎就在两眉正中，刚开始我有些困惑，因为天生的痣不应该在正中的位置，至少从构图角度来看，要稍微偏一点才对。她看上去像是来自地中海地区，讲话却没有口音。

"你确定吗？"她问，"你还好吗？"

"我挺好的。"我说，然后告诉她我的名字和专业。

"为什么要学建筑？"她问。

如果我没记错的话，我给了她一个非常长的答案。"看看我们居住的城市。"我说，"看看那些房子，看看我们周遭的世界。"我对她说。我们不能只局限在建造房屋和城市。我们必须建造世界。我那时候就是那样，有宏伟的计划和理想，把狂妄自大当成优点，而不是缺点。我为丽贝卡描绘我想建造的世界，将生活、工作、购物以及所有的一切以全新的方式呈现给人类——我不是为了在丽贝卡面前表现自己，我真的是这样想的。我拿出一沓纸，边画草图边向她解释，我偶尔抬头时，发现丽贝卡并没有看我的新世界草图，而是一直盯着我看。

之后我和丽贝卡经常约会，我们喝酒，跳舞，去波鸿剧场欣赏戏剧，这样交往一阵后我们确立了恋爱关系。丽贝卡读的是医学。她父亲是艾克森－沙佩尔大学的古典学者，母亲是皮肤科医生，丽贝卡的一头黑发来自母亲的遗传，但她不是来自地中海地区，而是讲德语的比利时少数民族。我有时叫她"我的西班牙荷兰女孩"，她不喜欢这称呼，没人知道她家的深肤色来自哪里。

有时她提议今天我们必须用正式的称呼，于是一整天的时间里我叫她"夫人"，她叫我"先生"。或者她会说今天我们是契诃夫戏剧里的角色，她叫我伊万·伊万诺维奇，我叫她安娜·彼得罗夫娜，她会说："个性，伊万·伊万诺维奇，你说起个性来总是没完没了。"我会说："安娜·彼得罗夫娜，你不觉得无聊吗？不觉得无聊极了吗？"这些不是戏里的对白，我们不熟悉契诃夫的戏剧，我们只是喜欢扮演角色的感觉。

六个月后，丽贝卡搬来和我同居。之前我们没上过床，但之后的几年我们在床上惊人地合拍，我们不停地做爱，直到做够了，累到再也做不动了，然后我们的身体又纠缠在一起。我们在一起永远不会厌烦，我们聊天、郊游、旅行，假如我们分开一会儿也是因为有事必须处理，事情一结束我们立刻又腻在一起；当继续腻在一起可能会拿不到学位、失去朋友或牙齿蛀掉时，我们才不得不生离死别般痛苦地分开。

"那些年是我们的神话阶段。"丽贝卡曾经对我说，"当我没办法找到你，我不是说打电话找不到你——我的意思是，即便你在家，甚至就坐在我身边，我却没办法找到你——我会回想我们曾经的神话阶段，告诉自己说，我们曾经的美好一定会再回来的。"我喜欢神话阶段的说法，不过我有时在想，我们的神话阶段是不是给了我们安全感的错觉，是不是成为今天我把自己放逐在婚姻外的原因。

三年后，我弟弟回来了。他摁响门铃，在对讲机里喊我下来。

"你不上来吗？"我问。

"不上去，我想让你看个东西。"他说。

我跑下楼，不知道分开这么多年后，弟弟为什么坚持让我去大街上见他。我第一眼就看见他脖子上的文身，然后是他的长头发。我们见面先热情地拥抱。我看见一辆摩托车停在人行道上，有着长长的前叉和低车座的美式机车。油箱、挡泥板和侧板上画有精美的图案，我立刻猜到是布鲁诺画的，是他的风格，他心中的世界——阴郁的神秘世界，明显受到《指环王》的影响。

"你觉得怎么样？"他瞧着摩托车问我。

"不错。"我说。

"拜托你热情一点。"他说，"能不能说酷炫、了不起、棒极了？"他捶了我胸口一拳，我也给了他一拳，然后我们又拥抱在一起。

"你从哪里搞到钱买这辆车？"话一出口我立刻后悔。弟弟终于回来了，我不应该刚一见面就是一副教训人的口吻。

"是一个客户的。"布鲁诺说。

我们边聊边喝咖啡和威士忌。弟弟告诉我说，他学会一种特殊喷枪技术，能在汽车和摩托车上喷绘图案。

"干得还不错。"他说。

其实弟弟的喷绘职业一直不太顺利——到现在也一样。有时他能赚到钱，有时候赚不到，没钱时他靠我给他的钱生活，或者用他女朋友的钱，但他的女朋友挣得不多，而且他们的关系往往维持不了多久。他在美国有粉丝，在中国和卡塔尔也有。他全世界到处跑，毒品吸了戒，戒了吸。我觉得他这样也挺好，他从没想过换一种活法，有时我想，他过得比我轻松。

　　我时不时要用西联 ①往利马或休斯敦汇款给他，否则他回不了德国。一次我不得不飞到马拉维的布兰太尔，他被人囚禁在一个小屋里。他欠了他们一千美元，却连一分钱也没有。这些事情并没有影响我对弟弟的感情，他是我的弟弟，我必须照顾他，况且很长时间以来，他是我唯一的家人。

　　弟弟搬进我和丽贝卡的公寓。三个人住在一起很局促，但我们相处得十分愉快，弟弟和丽贝卡都很喜欢对方。一年后，弟弟在波鸿找了一间小公寓搬走了，他现在仍然住在那里。

　　波鸿的那段日子，没有什么值得一提的事，不过倒是有一件让我感到不安的怪事。有一天——那时还没有手机——我公寓的电话响了。我拿起听筒，一开始我以为自己没听清对方的话，那些字眼对我来说非常陌生："我是爸爸，我想知道你怎么样。"我当时好半天没说出话来。我没听过父亲从话筒传来的声音。他从没给我打过电话，连我过生日也不打。母亲会打电话给我，祝我幸福长寿，讲一讲我出生时的事，每一年都如此。最后她会说，父亲祝我生日快乐。"您跟爸爸说声谢谢。"我会回答。父亲现在打来电话问我怎么样，我不知该怎么回答。

　　"我挺好。"我说。

　　"大学怎么样？"他问。

　　"嗯，很好。"然后我们陷入了沉默。我努力想找句话说，

----

① 西联是西联国际汇款公司（Western Union）的简称。

还没等我想出来，父亲说道："嗯，那就好。我就是想问问你怎么样。"他挂断了电话。

我告诉了丽贝卡这件事，她说我父亲是在向我表示关心。

"他从没关心过我。"我说。

"不对，他关心你。"她说，"你告诉过我，说他带你去射击场。"

"那是很久以前的事了。"我坚持道。

几天后，丽贝卡催我给父亲回个电话，我没回。今天我为此感到深深的自责。我猜父亲那时是想重新找回父子亲情，却撞上一颗坚硬冰冷的心——我的心。

在波鸿的那段日子里，我没有想念过他，但我想念过有父亲的感觉。有一年，过完圣诞节我从柏林坐火车回波鸿，等车时我深深体会到自己内心深处渴望父亲关爱的痛楚。我旁边是一个跟我年龄相仿的年轻人，和他父亲一起等火车。火车进站时，他们紧紧地拥抱在一起，久久不肯放手，眼中充满了泪水，我被他们深深地感染了，不禁流下泪来。我掉转头，不敢再看。

东德和西德统一那年我大学毕业了，我决定返回柏林——我在心里对自己说，我要为建造新城市尽一份力。丽贝卡跟我一起去了柏林，在一所著名学府继续深造。她那时已经知道自己不会成为一名医生。她对人类基因组很感兴趣，想在这一领域进行深入研究。我们很快就结婚了，我们相信我们命中注定要在一起。

现在我的想法改变了吗？没有。我们是彼此命中注定的爱人，不过我们现在知道这并不意味着我们能拥有美好的生活——至少不会一直很美好。

第二十四章

发生迪特尔·提比略事件的那年 6 月 15 日，我们在家举办了一次晚餐聚会。我们对自己说，这是我们恢复正常生活的第一步，我们想找回之前的生活。我们邀请了三对关系最好的夫妇，他们清楚我们最近的遭遇。丽贝卡的一位校友刚好和妻子来我们这里，我们也邀请了他们。我们之前没见过那位校友的妻子。我和丽贝卡说好今天不提迪特尔·提比略的事，我们希望跟以前一样，度过一个愉快的夜晚。我们邀请朋友参加聚会时也是这么跟他们说的——不过我们对丽贝卡的校友什么也没说，他不知道我们家的事。

跟以往一样，丽贝卡做了一顿精美的晚餐，绝对够一星级餐厅的水准。聚会刚开始时一切顺利。我一瓶接一瓶地开葡萄酒。吃完甜点，我们谈起最近的政治丑闻，讨论孩子们该读公立学校还是私立学校，念私立学校以后更有可能上耶鲁或剑桥，大家的意见出现分歧。丽贝卡校友的妻子——她是家庭法律师——直言不讳地说她"反对让孩子们从小享有特权",支持孩子们在公立学校接受教育,"让不同阶层的孩子有接触的机会,而且在孩子们的成长过程中尽量为他们创造接触的机会"。

我在一定程度上同意她的看法,不过为了我们家两个孩子的幸福,我可能会选择"反社会"的方式。我的说法激起大家热烈的辩论,丽贝卡同样不赞成"反社会"的说法。我又打开一瓶黑标葡萄酒,虽然还有两整瓶打开没喝,我说过了,黑标需要醒一段时间。

我的一个朋友说,阶层之间的真正差异在于公共场合的行为举止。他眼中"值得称道的中产阶层特征"就是我们做任何事都尽量不影响到其他人。我们不在公共汽车或火车上吃烤肉串,我们不在街上喝啤酒,即便我们喝醉了,我们也不会在树边或巷子里小便。

朋友话音刚落,家庭法律师就表示反对。她不同意我朋友的观点,说最近坐火车时有不愉快的经历,中产阶层总是用手机在讲话,根本不在乎整节车厢的人都能听到。客人们都想发表自己的看法,餐桌旁的声音越来越大,夜里两点左右,我请客人们小声点,我指着地板,嘲讽地笑道:"我们可不想打扰我们亲爱的提比略。"大家会意地笑了起来,我们的笑声引起了丽贝卡校友的兴趣,他问这个提比略是什么人,为什么好像每个人都知道他。

都怪我一时糊涂开了话头儿,丽贝卡不再理会我们之前的约定，把迪特尔·提比略的事原原本本地告诉大家，她越说越气，连"下等人"也说出了口。我提醒了她好几次，让她小点声，我们跟迪特尔·提比略只隔了一层三十厘米厚的楼板。我家铺的是老橡木地板，没铺地毯。丽贝卡讲话时，我注意到她校友的妻子不满地噘起嘴，她终于忍不住开口道，有没有一种可能，其实迪特尔·提比略是个受害者？毕竟他是在福利院长大的，我们都知道儿童福利院的条件有多差。

我从没想到"受害者"这个词会跟迪特尔·提比略联系到一起。对我们来说，他是加害者。我们知道他的童年经历可能很不幸，可他也没有权利来骚扰恐吓我们。我妻子对那位家庭法律师说了同样的话，她们开始争执起来，声音越来越大，我们怎么劝也不行。

家庭法律师说，楼下那个"可怜人"每天看着我们"四处炫富"，听着我们的"古驰鞋"踩在木地板上的"咔嗒"声，看着我们的孩子毫无例外地走向一帆风顺的人生。对于他这样一个"可怜人"，"社会"给予他的只是"一个阴暗发霉的地下室"，我们的富有让他感到难以忍受。"他当然要保护自己。"家庭法律师说。

"保护！"我妻子尖叫道，"我们没对他做过任何事。"

"哦，当然有。"家庭法律师说，"那些纳粹主义的字眼激怒了他。"

现在连我也听不下去了，我开始反驳她的无理指责。

家庭法律师非常平静地说，她在工作中了解到，中产阶层家庭虐待儿童的事件屡见不鲜，像提比略这种在福利院长大的"可怜人"很可能遭受过虐待，所以对这类事情会特别敏感。她说，他会有"特殊的直觉"。

我妻子跳起来，尖叫着让律师立刻离开。坐在丽贝卡旁边的客人急忙抓住她，怕她会朝律师扑过去，丽贝卡抓起一个空黑标葡萄酒瓶，用力砸向地板——酒瓶没有摔碎，而是骨碌碌滚了出去，我们的橡木地板弹性很好，但不够平整。丽贝卡不停地尖叫，这时门铃响了。

所有人立刻安静下来。现在是凌晨两点半左右，我们没打电话叫出租车，也没听到外面有汽车的声音。我们楼上的女主人今天去了她女儿家，住在阁楼的那对夫妻晚上常常举办聚会，从来没抱怨过我家太吵。我起身走到门厅，打开房门。门外站着的是迪特尔·提比略，他说他没办法睡觉，我们可不可以小点儿声。他的声音中没有流露出疲惫，而是充满怨恨。"我可以跟你妻子讲话吗？"他问。她一直在尖叫。

他没开楼梯间的灯，我只能看见他的轮廓。他穿着一件不合身的宽大睡衣，衣服很长，几乎拖到地板，袖子把他的手全部遮住了。

"你不能跟我妻子讲话。"我说。我被他的无礼激怒了，情绪有些激动。

迪特尔·提比略说："可她一直在拼命喊。"

我说："我向你保证，我们会小声的。"随后我关上了门。

我回到客厅，包括我妻子校友在内的男人们统统站到自己妻子的椅子后面，做出一副保护的姿态。看见这一幕，我轻蔑地笑了一下。

"迪特尔·提比略让我们小声点儿。"我说。

没人再提刚才的话题，我们继续谈论政治，但大家很快就陷入了沉默。我妻子的校友说时间太晚了，他们要回酒店休息了，其他人也纷纷起身告辞。我帮大家叫了出租车，等车时我们又聊了一会儿——丽贝卡不见了，只剩我一个人跟客人们寒暄——客人们对晚餐赞美了一番，家庭法律师也对我们今晚的招待表示感谢。出租车到了后，我送客人们到前门，我们互相拥抱，握手告别，他们离开时都朝迪特尔·提比略的地下室投去奇怪的一瞥。那里一片漆黑，他拉上了窗帘。

我回到公寓，看见妻子坐在沙发上，她照着地上的酒瓶瓶颈轻轻踢了一脚，瓶子骨碌碌地打转。

"你必须做点什么，"她说，"你真的必须做点什么。"

第二十五章

　　第二天，家庭律师打来电话，为她昨晚的行为致歉。丽贝卡平静地接受了道歉，向她保证，我们不会介意的。"臭婊子。"丽贝卡挂断电话后骂道。我从没听过妻子说脏话，但我理解她为什么会骂那个律师。作为一个客人，在我们家里，当着我们的面，说迪特尔·提比略是受害者，我们不是被伤害的一方，反而成了加害方。我们对需要帮助的人从来不缺乏同情心。我们愿意跟别人分享我们的财富：我们资助非洲的孩子，写信鼓励他；我们在法伊的要求下，认养了印度的一只老虎；无论哪里发生地震或自然灾害，我们总是毫不吝啬地捐助。

　　我下午去了趟银行，然后去了洗衣店。跟上次一样，洗衣店经理笼罩在洗衣机冒出的蒸汽中。我开价十万欧元买他的地下室，是市值的两倍。接着我加价到十二万欧元，最后出价到十五万，尽管我的银行客户经理说，目前我的可用资金最多只有十二万欧元。买房后我们的经济压力很大，我又不是那种能赚大钱的建筑师。从画设计草图到监督施工，我每件事都要亲力亲为，为了减少开支，我只雇了一个兼职秘书和一个临时工。我一年最多能盖五套房子。我们生活上算富裕，但不是有钱人。

洗衣店经理说："我的房子不卖。"

"那只是个地下室。"我说。

"对你来说只是个地下室。"经理说。他朝摩尔多瓦女人做了个手势，那个女人关掉了嘶嘶作响的机器。"我是在地下室出生的。"他说，"我母亲是个女佣，她的主人过去拥有整栋楼房。她为他们全家煮饭做家务，我二十岁以前一直和母亲住在地下室里。"

他说他小时候不准跟母亲上楼，只能一个人待在地下室，听着楼上母亲和主人一家的脚步声。他常常花好几小时从地下室朝窗外张望，看着来来往往的汽车和行人。现在这栋楼房的一部分属于他了，他不会卖掉。

"至少你可以换个租客吧？"我坚持道。

"警察怎么说的？"洗衣店经理想知道事情的进展。

"还没进展。"我说。

"我不能没有任何理由就把迪特尔赶走。"洗衣店经理说，"不过，要是你打算卖你的房子，我倒是可以出个价。"

我没理他，转身离开了。

现在回想起来，这是我一生中犯的大错。我应该卖掉我们的房子。假如那时搬走，父亲今天不会关在监狱里，我们全家也不会因此良心不安。我们会输掉与迪特尔·提比略的这场较量，让恶人得逞，可那又有什么关系？我没有大男子主义思想，如果失败是必然的，我可以坦然接受。可我也不愿轻言放弃。我现在有时会想，要是我当初搬走了，我和父亲就失去了重拾父子亲情的机会——谋杀给了我们和解的机会。世事难料，不是吗？

提比略跟我们的关系最恶劣的时候，我们的儿子保罗添了一个抽搐的毛病，他会莫名其妙地噘嘴耸鼻子。情况一开始不严重，但没过多久，每隔二三十秒他就抽搐一次，我私下管这个动作叫"做猪脸"。我和妻子很担心保罗，怪迪特尔·提比略害得保罗抽搐——我们那时几乎把所有问题都怪在迪特尔·提比略头上。我们问保罗是不是在担心什么事，他说没有。我们问他是不是害怕迪特尔·提比略，他还是说没有。

保罗是个随和开朗的孩子。他从不给我们找麻烦，我们为他准备的饭菜他会乖乖吃完；我们在商店里告诉他不买糖果，他立刻不再坚持；我们不许他用签字笔在墙上画画，他就再也不乱画。保罗遗传了我妻子的黑头发和深肤色，我跟妻子提起时，丽贝卡体贴地说，保罗安静沉思的神态像我，手腕像我。我手腕比较细，只能戴小表盘的手表，戴不了那种几乎能挂在火车站墙上的大号精密计时表。我的很多同事喜欢那种夸张的手表，有些人还特别喜欢炫耀，他们会特意告诉你说，这块表花了一万五千欧元，反正我无论如何也买不起。保罗小拇指是弯曲的，像我，也像他祖母。保罗是个听话的孩子，我常常被他感动，他会在电话里问我："爸爸，你好吗？"

法伊也有一头黑发，但皮肤白皙。她继承了我的野心，总想把生活变成自己想要的模样。她比保罗有个性，总是不肯乖乖吃饭，也从来没在电话里问我好不好——说不定因为她还太小。她不像保罗那么安静，她反应快速，动作敏捷，常常逗笑我们。提比略的事发生后，我们觉得需要特别留意法伊，因为她是一个感情强烈、个性敏感的孩子，没想到反而是保罗出了问题。保罗那时和另一个男孩相处得不太好，那个男孩没打他，但会欺负他，保罗变得不喜欢去幼儿园了，我们不知道该怎么办。

虽然地下室的事让我们十分烦心，我们尽量不在孩子们面前表现出来，我们从不在他们面前谈论迪特尔·提比略，完全当他不存在。起初我们以为这么做是对的。孩子们跟以前一样玩游戏，每天开开心心的。我们没发现他们有什么异样——可保罗的脸开始抽搐了。我们做错什么了吗？是不是他们玩得太疯，累坏了？孩子们永远不会停下来，哪怕体温烧到快四十摄氏度，法伊和保罗仍然不知疲倦地玩乐高积木。或许他们早就知道我和丽贝卡遭遇了问题，清楚我们全家人处境危险——或许他们感到孤独和焦虑，因为没人告诉他们到底发生了什么事？或许保罗脸部抽搐是因为担心或害怕，虽然他嘴上一直说没有？

我做了各种尝试，想让他改掉这个毛病。起初保罗每次脸部抽搐时我温和地告诉他，不要做这个动作，下次别再做了。慢慢地我变得不耐烦，命令他不许做，态度开始变得严厉。保罗看起来很内疚，一脸不知所措，似乎不知道我希望他怎么做。有一次我没控制住自己的情绪，对保罗大吼："不许做猪脸！"保罗睁着一双受伤的大眼睛看着我，我急忙向他道歉。可我担心，伤人的话一旦出口，再怎么道歉也无法挽回伤害。

我冲保罗发火后没过多久——我日记上写的是 6 月 27日——那天晚上我走到地下室，敲响了迪特尔·提比略的房门，里面没有任何动静。

"我想和你谈一谈，请你开门。"我说。

没有人开门。

我回到自家客厅，拿起电话拨打他的号码。我能听见他房间的电话铃声。他终于接起电话，报出他的全名。

"伦道夫·狄梵萨勒。"我说，又毫无必要地补了一句，"你的邻居。"

"我不怕进监狱。"迪特尔·提比略立刻说。

我没理会他这句莫名其妙的话，开门见山地提出我的要求：如果他一个月内从地下室搬走的话，我愿意给他五千欧元现金外加一笔搬家费。迪特尔·提比略说他要考虑一下，然后挂断了电话。

金钱是当代解决所有问题的不二法宝和不光彩手段，是毅力、优雅和勇气的对立面。金钱原本是商人专用的解决方案，现在已经成为当代文明的精髓。我所在的中产阶层同样用金钱解决问题，我们有钱，我们用钱来换取自己想要的生活。当然，金钱不是万能的。我不知道自己为什么开价五千欧元而不是一万欧元，为什么金额的多少对解决问题至关重要。我可以拿得出五万欧元现金，想想办法的话，还可以从朋友那里借到一点。但我开出的价格是五千欧元。相对于我的收入来说，五千欧元是我对不法行为愿意支付的最高金额。

当天晚上我一直在思索他提到监狱是什么意思。他的话让我感到害怕，这似乎让他变得有恃无恐。我现在才意识到，我自以为的优势其实全部是我的劣势：我的家人、我的工作、我的财富、我舒适的生活、我良好的声誉。我会失去这所有的一切，他却没有任何东西可以失去。他孤身一人住在阴暗的地下室，依赖社会福利生活，他在儿童福利院长大，对悲惨的生活并不陌生，监狱在他眼里并不可怕。他是强者，我是害怕失去一切的弱者。失败者是无所畏惧的，因为他已经没有任何东西可以失去了。而像我这样的人，表面上的生活赢家，其实不堪一击，因为有太多不想放手的东西。爬得越高，摔得越惨。我们害怕失去拥有的一切，无论在心理上还是物质上我们一直没有安全感。我们缺乏应对意外的储备，而这恰恰是维持家庭长期稳定的基础。

两天后，通道入口处的窗台出现一封信。我撕开信封，满腔的希望瞬间化为乌有：

　　　　我不会离开。你们休想赶我走。

　　我的金钱方案失败了。

第二十六章

　　我每天早上一睁眼就开始思索要怎样才能挽回妻子，我决定要好好表现。我向她详细描述客户对我提出的各种要求，我用略带夸张的方式讲述各个项目的进度——我给她看《建筑文摘》里的一篇文章，上面是对我盖的一所房子的溢美之词。

　　"你不用刻意表现自己。"丽贝卡说，"我希望你正常对待我——你一直在疏远我、讨厌我。"她说，"让我们从这里开始吧。"

　　我感到惭愧。我现在才明白自己的方法错了。现在的问题不是我要挽回丽贝卡，而是我要让丽贝卡重新接纳我。知道问题的症结后，剩下的就不难了。我告诉她我最近读的书，我的所见所闻所思所想，她也一样。去购物时我们又开始手牵着手，我们长时间拥抱彼此时会起鸡皮疙瘩——不是因为爱，而是不安，我们的身体对这么亲密的方式已经陌生了。

　　对我帮助最大的方法是换个角度看妻子——不再只盯着她最令我恼火的地方，而是她最令我着迷之处。我改变看待自己婚姻的角度，突然发现妻子完全变了个人，不是那个会突然暴怒吓坏我的女人，而是一个每年只发一两次火，然后很快就没事的女人。现在对我来说，妻子不发火的时候才是真正的她。我现在才明白一个简单的道理：我们和一个人长期相处时，跟我们在一起的并不是真正的那个人，而是我们通过选择不同的记忆片段创造出来的一个人。"真正的"那个人也许根本就不存在。每次丽贝卡说什么或做什么时，我会根据曾经的记忆片段去解读，因为心境一直在变化，解读的结果也在不断改变。

　　在我们修复关系的第一阶段，我们两个人常常一起吃晚饭，在客厅而不是厨房。我们一起做饭，应该这样说，所有需要剥皮的工作由我来完成，所有需要技巧的工作由丽贝卡负责。晚饭后我们洗澡换衣服。丽贝卡换上黑色连衣裙和高跟鞋，戴上亮闪闪的首饰；我穿上西装和白衬衫，戴上汤姆·福特 [①]领带。我们点上蜡烛，取出丽贝卡曾祖母用过的产自马略卡岛的精美红色瓷器。我们边吃边聊孩子们和家常，以及丽贝卡要不要重返职场。房间里的音乐声不大，不会干扰我们谈话，既能防止迪特尔·提比略偷听，也能让我们暂时远离达斯汀·霍夫曼。我不是一个多愁善感的人，也不希望自己的情绪受到音乐的感染——不过跟丽贝卡在一起时例外，我会播放肖斯塔科维奇的第七交响曲《列宁格勒》。这支乐曲是音乐家在德军围困列宁格勒时完成的，很像

---

① 　汤姆·福特：美国的时尚品牌。

军队进行曲，尤其是快板部分，情绪激昂饱满。我那时喜欢这类
音乐——算是一种文化上的对抗。我现在觉得自己那时很傻。

　　我和丽贝卡在一起的夜晚非常美好。我们的关系恢复了正
常。随着时间的推移，我们重新陷入热恋。丽贝卡有时会突发奇
想，有一次，她提议道："来，我们说说对方令人难以忍受的缺
点吧。"虽然心里有些忐忑，我还是同意了，像这样的夜晚，你
很难拒绝对方的要求。

　　"你冬天的时候不性感，因为你穿睡衣时会穿拖鞋和袜子。"
丽贝卡说。

　　"可冬天我的脚很冷啊。"我不满地说。

　　她说冰冷的脚同样不性感。她的话刺伤了我，即便是冬天，
我也希望自己是性感的。

　　"现在你必须原谅我。"丽贝卡说。我压下自己的不满情绪，
原谅她告诉了我真话，而且我不会放在心上。我对自己说，这是
多好的一个女人啊。

　　"轮到你了。"丽贝卡说，一脸期待地看着我。

　　我想了一会儿，却只想出她的一个缺点："你吃饭时出声。"

　　"不会吧。"她很失望，"很多人吃饭时都出声的，这不是
什么难以忍受的缺点。"

　　"嗯，穿拖鞋也不是难以忍受的缺点。"我说。

　　"再想想。"妻子说，"求你了，好好想想。"

我认真想了想，然后说道："我从后面上你时，你身上不好闻。"

我说的不是真的——我喜欢她做爱时身上的味道——我只是想说些刺伤她的话。

她咽了一下口水，我觉得自己搞砸了，但她说："你还是喜欢从后面上我。"

"我喜欢从后面上你。"我说。

"因为我们在床上太合拍了。"她说。

"因为我们在床上太合拍了。"我说。我们轻轻碰了下酒杯。

"嗯，给我一片奶酪，伊万·伊万诺维奇。"丽贝卡换上忧郁的神情，微笑地对我说，她说话的声音有气无力，呼吸似乎随时会停止。

"愿意为你效劳，安娜·彼得罗夫娜，"我切下一片奶酪给她，"你不觉得这里无聊死了吗？"

"太无聊了。"她气若游丝地说，"无聊死了，不过请不要扮演角色——我不想听角色说的话。"

我突然明白她为什么说话一副要死不活的样子，她是想重现我们曾经的爱情神话阶段，她希望用那段神话挽救我们的爱。

晚餐后，丽贝卡去洗澡，她很少在这个时间洗澡。她回到床上后我对她说："以后不许你洗掉身上的味道。"

"你撒谎。"她说，"如果你希望我们重归于好，以后不许再撒谎。"

我们开始做爱，我尽量不去想自己的感受，而是努力迎合丽贝卡的感受。我知道，这听上去很无趣——没人喜欢将做爱和迎合联系在一起——但是想要从漫长的深谷里走出来，必须要爬过一段陡坡。我和妻子愿意一起去努力，我们相信最终的结果是美好的。

我们的两个孩子——没受过虐待的保罗和法伊——开始嫉妒我们，他们不习惯爸爸妈妈总是形影不离。过去，常常只是我一个人陪他们玩游戏，现在丽贝卡也会加入。我一边跟丽贝卡聊天，一边为保罗建一艘船或者为法伊盖一个马厩。（我们是传统的家庭。）

"妈妈，走开。"法伊说，但我坚持让丽贝卡留下来，孩子很快意识到我们是一个四口之家。

总之，提比略带给我们困扰的几个月里，表面上我们的生活一切如常，好像什么也没发生过，似乎楼下根本不存在一个摧毁我们幸福生活的人。几周后保罗脸部抽搐的毛病好了，我们仍然没跟孩子们提过迪特尔·提比略，我心想，至少孩子们的生活一切正常。

两个孩子不知道我每天夜里在房子周围巡视，我没告诉任何人，包括我妻子，我也没告诉任何人我巡视时反复出现的一个念头——杀人。一旦迪特尔·提比略出现，我会杀了他，我会辩称

是出于自卫。他从没出现过，说实话我松了一口气，不是因为我
不用杀人，而是因为我可能杀不死他，然后让所有人知道我是个
没用的人。

第二十七章

　　其实，孩子们的生活并没有那么正常。过了一阵子，我突然意识到，在保罗和法伊面前我不再赤裸身体。我在浴室穿脱衣服。拥抱孩子们时我会避开他们的某些身体部位，原先只有帮他们洗澡时我才会触碰——现在连洗澡时我也不碰了。这实在太糟了，可事实就是如此，我每次帮孩子们洗澡时，总感觉迪特尔·提比略在我旁边，注视着我的一举一动。

　　一天他给我妻子写了一首诗。韵律简单却并不空洞，甚至有一点诗意。这首诗主要描写我妻子的尖叫声，他没有说明是愤怒的尖叫还是喜悦的尖叫。丽贝卡做爱时不出声，不过也许他喜欢听她兴奋地尖叫。这首诗本身已经很不寻常，更令人不安的是，在诗的结尾，当我妻子发出最后的尖叫声时，他渴望能陪在她身边，等待她的喘息渐渐平复，从此一切都将结束，他用"最后的喘息声"呼应"一切都将结束"。

　　"死亡威胁信。"我声音嘶哑地对丽贝卡说。

丽贝卡读了一遍诗，然后沉默地坐在厨房的桌子旁。"我感觉自己很脏，"她终于开口道，"他想象对我做这些事，在他想象时，他就在我身边，就在这间公寓里，是一个侵入者。他侵入了我的大脑。"她说，"侵入我的感觉，我的身体。"

"我们现在有证据了。"我说，"有了这封死亡威胁信，警方一定会采取行动。"

我把信交给犯罪办公室的克罗格女士。她看了很长时间，然后摇了摇头。

"没有律师会认为这是一封死亡威胁信。"她说，"你的邻居一直在臆想，但并不违法。"

"可这上面说到我妻子最后的尖叫声。"我喊道，"她最后的喘息声，一切都将结束，这说的就是死亡。"

"也可以是做爱。"她说。

"你真是冷血。"我说。

"你说什么？"

"我说你真是冷血。你面前的这个男人，他在为妻子担心，为孩子们担心，可你居然说，也可以是做爱。"

"我是从法律的角度对你说这话的。"她说。

泪水突然溢满我的双眼，我摇了摇头，眼泪顺着我的面颊滚落下来。我站起身，没再说一个字。我在绝望中又去见了律师，不出所料，她读完信后也认为帮助不大。我追问诽谤罪的进展，她劝我一定要耐心些。我撤回律师委托函，她没有任何表示。

我打电话给弟弟，第二天他过来了。在目前的情况下，我不想把家人独自留在公寓里，一分钟也不行。事实上，我几乎已经把办公室搬到了家里，不过有时我必须开车去建筑工地。我不想冒任何风险。

弟弟当晚到了我家，我们三个人在厨房桌子旁坐了很久，边喝红酒边谈论迪特尔·提比略。大约午夜时分，布鲁诺出去了一趟，没过一会儿，他拿着一根撬棍回来了。

"出什么事了？"我问。

"我们做个了断吧。"他说，"我来就是为了解决这件事。"

"不行。"我说，"我叫你来不是为了把迪特尔·提比略打死。你是来照顾我的家人的。"

弟弟说这根撬棍是为了撬开那个浑蛋的门，剩下的事我们用拳头就可以解决。我向他解释说，我们是正义的一方，我希望可以用法律途径解决问题。

弟弟问："你的法律途径已经失败了，守法有个屁用？"

现在回想起来，如果我当时照弟弟说的去做，说不定迪特尔·提比略今天还活着。也许挨一顿揍后他就灰溜溜搬走了。我不知道——我没办法知道。这是一个无法知道答案的假设命题，我有时会为此纠结。如果在某种情况下我做出不同的选择，结果又会怎样？总是有至少两条人生道路摆在我们面前，尤其面临重大抉择时：一条是我们决定踏上的路，另一条是我们决定放弃的路。我们会假想选择了那条决定放弃的路，跟现实中选择的路反复比较衡量。对我来说，另一条路是我们用和平的方式把迪特尔·提比略从地下室中赶走。他被关了起来，再也不能伤害到我们。我和父亲可以时不时地一起去喝杯咖啡，即便没有谋杀案，我们也早已和解。我们的世界一切都很美好。

弟弟把撬棍放在桌子上，坐了下来。那天晚上我们没有冲进地下室，我和弟弟争论了很长时间。布鲁诺说我是胆小鬼，一个不会反抗的人，眼睁睁看着家人受欺负，我被他的话激怒了。我说如果我们都采取野蛮行为的话，那干脆彻底放弃文明好了。

"没那么严重。"弟弟说，"让他脸上挂个彩——不会断送文明的。"

我们争执起来，过去的旧账也翻了出来，令我非常意外的是，妻子一直保持沉默，没有帮我讲话。吵到最后，我让弟弟保证不会单独行动——保证不会对我们楼下的邻居动手。他勉强同意了。

我有时会翻来覆去好几个小时无法入睡，那段时间更是常常失眠，半梦半醒中我感觉自己正置身于一场斗争，文明对抗野蛮的斗争，战胜野蛮是我的责任，但我必须采取文明的手段，不能让自己被野蛮行径同化。

第二天警察又来了，迪特尔·提比略报警说我弟弟也参与了性虐待儿童。雷丁格警长和他的同事瑞普沙弗特问了我们几个问题后离开了。我对弟弟说别再提撬棍的事，让他保证不动粗。布鲁诺轻蔑地看了我一眼，转身进了保罗的房间。

　　警察像这样突然造访，那种感受很难描述。类似的事情一再发生，似乎已经演变成一出闹剧，可我们很难一笑置之。我们每一次都觉得被羞辱、被中伤、被恶意包围。我们像是未经审判就被安上一个罪名。我们没有犯罪，但我们感觉自己并不清白，因为我们无法证实自己的清白，我们的名誉好坏没有结论。我们反复对自己说，我们是清白的，但这远远不够。我们不再属于那些从未被怀疑虐待儿童的人群。

第二十八章

我们继续生活在提比略的阴影下。天气渐暖，气温攀升到三十摄氏度，抬头是晴朗的蓝天。一天，我在花园里做房子模型，孩子们在蹦床上玩耍，一切似乎都很正常，只不过我坐在那里是为了保护两个孩子。蹦床在树篱后面，孩子们跳起时我可以看到他们的笑脸，落下后他们的身影会被树篱遮住。我在想，如果没有孩子们，我的世界将变成什么样，假如迪特尔·提比略把孩子们抢走，我不知道自己能不能活下去。

在我幻想的场景中，让我深感意外的是，我在恐惧失去孩子们的同时也在下意识地寻找慰藉。高山依旧壮美，海洋依然辽阔，我的工作会继续，丽贝卡会陪在我身边——但她还是我熟悉的那个丽贝卡吗？

保罗跃起，法伊跃起，我朝他们挥挥手。

保罗出生在炎热的夏天，产房窗户全部打开，我当时的第一个念头是这里有一个人的生命比我更重要，如果需要，我愿意为他放弃我的生命。我之前说过，我不是一个多愁善感的人，保罗出生时是我少有的感性时刻。他从丽贝卡子宫滑出的瞬间，我脑海里立刻出现愿意为他牺牲生命的念头。法伊出生时，我也有同样的想法，我对两个孩子的爱没有任何差别，真的没有任何差别，现在依然如此，我愿意为孩子们付出生命。我希望每位父亲都会这么做。

我专心磨平墙壁的角落，沿着边缘涂上胶水，这时我突然意识到有一阵子没看见孩子们跃起了。我仔细去听他们的笑声和说话声，没有任何声音。千万别慌，我对自己说，别自己吓自己，可我真的吓坏了。我站起身朝树篱后面张望。保罗和法伊躺在蹦床上，安静地看着天上的太阳。我走过去躺在他们旁边，闭上眼睛。我们三个就这样躺在那里，谁也没说话。我再次睁开眼睛时，看见迪特尔·提比略站在树篱另一侧，右手握着一把刀。

我跳了起来，但是从安全网下爬出来浪费了一些时间。我立刻朝迪特尔·提比略跑去，看见他的身影消失在地下室。跑到楼门前我才发觉，我刚才不仅看到他手里的刀，还看见了苹果，他右手拿刀，左手拿苹果。我没有冲到地下室砸他的房门，而是返回花园桌子旁，继续完成房屋模型。法伊过来问我为什么突然跑掉了。

"我在吓狐狸。"我说。

"不对。"法伊说，"这里没有狐狸。"

"你说得对。"我说，"我说错了。我吓跑了一头牛。"

她怀疑地看着我。"真的吗？"她问。

"说不定是只独角兽。"我说。

法伊说："牛比独角兽大很多。"

我说："是头小牛。"

法伊说："牛宝宝很小吗？"

我说："比猫咪小。"

法伊说："你什么时候见过小牛？"

我说："你出生的时候。你的小床上有头小牛。"

法伊说："才没有呢。"

我们就这样你一句我一句地讲了一阵子，然后法伊又回到蹦床上玩，我继续构思凸窗的形状。像这样愚弄自己的孩子，你会觉得很不舒服。

迪特尔·提比略想要干什么？我妻子不在家，他知道的，他总是盯着前门。难道他是在等着蹦床上只有保罗和法伊吗？虽然到目前为止他都是针对我妻子，可我们仍然怀疑他的目标是孩子们。他对我们的指控，认为我们对孩子们做的那些事，让我们认定只有恋童癖者才想得出来。我们无法消除内心的疑虑：我们只能想象最坏的可能。我们在最坏的情况下过着最坏的日子。

第二十九章

　　我必须承认——有一件事让我非常痛苦——我不知道妻子是不是真的性虐待孩子们。每当我心里冒出这个念头，我立刻掐灭它；我不能让迪特尔·提比略的恶心念头影响到我。可这个念头还是侵入了我的大脑。我拼命想赶走它，它却不断地骚扰我，最后我放弃了，干脆让它待在我脑海中。我仔细回想关于浴缸的场景——丽贝卡和法伊，丽贝卡和保罗——可没有任何异常，没有任何能证实我怀疑的情形。从过去一直到迪特尔·提比略指控我们性虐待孩子之前，在我记起的画面中，只有一个正常的家庭，家人间正常的身体接触，而现在，我们几乎不敢再正常触碰孩子们。

　　我当然知道，世界并不像我们看见和听见的那样。在我们每一次转身或离开之后，我们曾经熟悉的世界也许从此彻底改变。我们的生活不堪一击。我们离开时什么事都可能发生，背叛、羞辱、犯罪——甚至虐待儿童。我不知道我不在家时妻子做了什么，我眼前浮现出让我无法忍受的画面。那些画面让我希望迪特尔·提比略去死——是的，我就是这么想的，我现在就是这么说的。

我说过我相信法律，我是认真的，不过我有时的确希望迪特尔·提比略去死，也许他提着塑料袋横穿马路时，刚好被一辆卡车撞死。都是因为他，我才会想象出那些恶心的画面；是他让我有了肮脏的念头。我心里清楚，妻子不会那么做。既然迪特尔·提比略对我的指责是捏造的，那么丽贝卡同样也是清白的。可我真的百分百确定吗？我只能这么说，我强迫自己百分百确定。

那段可怕的日子快要结束时，有一次我要在客户乔迁之喜的聚会上讲话。我不喜欢当众发言，但还能应付得来，我总是事先写好发言稿，做好心理建设，疏解一下紧张的心情，然后顺利完成任务。大家热烈鼓掌。客户向我表示感谢。我在这种场合会穿优雅的西装和白衬衫，打上领带。人们喜欢欢庆的气氛，我也一样。这一次，我比以往更加紧张。虽然做了充分的心理建设，我仍然非常紧张，感觉心跳在加速。我站在那里，看着客户一家人期待的面孔——一对有着三个孩子的年轻夫妇，还有瓦工、木工、管道工和水电工，他们的目光全部聚焦在我身上，等待我开口，我的喉咙像是被人死死扼住，感觉越来越紧，发不出任何声音。

我张开口，但所有的话全部卡在喉咙里，一个字也说不出来。瓦工和管道工的表情开始变得困惑，大家看着那个站在木工临时搭建的小讲台上的奇怪男人，不明白他为什么愣在那里不出声。

我感觉大家已经看出我内心的恐惧。我再也无法忍受，我必须赶紧离开，不想再看见那一张张期待的面孔，于是我走下讲台。我没有跑；我尽最大的努力控制自己的步速，维持着自己残存的尊严。我经过有着三个孩子的年轻夫妇、瓦工、管道工、木匠和水电工，他们的目光追随着我，但没有人开口，最后我终于钻进汽车，一溜烟开走了。

第二天，我约了几个承包商在办公室开会，会议开始前十五分钟，我突然感到非常恐慌，于是取消了会议，开车直接回家。这时我才告诉丽贝卡发生了什么事。我们花了很长时间寻找原因，唯一的可能就是迪特尔·提比略。我们觉得，虽然他的指控完全是无稽之谈，却引发了我内心的羞耻感，害怕别人真的认为我会性虐待孩子。

丽贝卡好言安慰我，让我不要担心，给我泡茶，在洗澡水中加入香精油，做了一个温柔体贴的妻子能做的所有事情，可我的情况没有任何改善。只要面对三个以上的人，我就没办法讲话。再这样下去，我会失去工作。虽然建筑师不一定非得是个演讲家，但至少能在公开场合讲话，能够跟承包商和客户谈判协商——可我做不到。我曾经用"弱者"这个词形容自己，那只是一种自我解嘲的方式，内心深处我是一个十分骄傲的人——在民主国家和法治社会，我们知识分子才是真正的强者——可因为迪特尔·提比略的存在，我感觉自己是个无用的弱者。

　　我去看了两次医生，他对我父亲产生了很大的兴趣，一直想跟我谈他。他说，我们必须"找到最根本的原因"，可他的追根究底并没让我好转。他建议我"抛弃固有的想法"，别再认为自己拥有正常的童年，他的建议对我同样没有帮助。我让他开了些镇静剂，再也没回去过。镇静剂对我有效，可我担心会上瘾，所以只在必要的时候才服用，几个星期后，我不用再吃药了。每次开会前我仍然有些不安，但我能维持表面的镇定，别人察觉不出我有什么异样。

　　我平生第一次理解了父亲心中的恐惧。我不知道他恐惧的原因，但我知道被恐惧攥住时的感受。恐惧会突然出现，没有征兆，没有原因，像黑色的风帽牢牢地罩住你，你完全被控制，耳边只有一个声音在大喊："快逃！"身体里面的那个你吓得瑟瑟发抖，如同一只闻到狼的气息却看不见它身影的小鹿。你整个人被撕裂开来，你的身体坐在或站在那里，可你已经脱离了身体，一心想离开和逃走。恐惧带来难以忍受的紧张，你被恐惧撕扯成碎片。耻辱，简直是奇耻大辱，你变成了一头吓傻的鹿。

　　我理解父亲承受着巨大的恐惧，他需要枪来对抗它。恐惧是父亲的心魔，他告诉自己威胁来自外界，只有这样他才能感到安全。枪可以保护他，带给他安全感，有了枪，报纸和新闻上的那些罪犯就无法伤害他。等父亲出狱后，我一定问问他到底在恐惧什么——希望那一天快点到来。也许是父亲在战争期间遭遇的某件事，虽然他的战争经历远没有母亲那么可怕。也许是祖父，孩子的心魔常常来自父亲。

就是从那时开始，我会在电话里告诉母亲我们遭遇的麻烦。之前我什么也没说过，没告诉她迪特尔·提比略威胁到我们的生活，只说他是一个讨人厌的小丑。现在我不再隐瞒，告诉了母亲全部的实情，我们在窗台上发现的信件，还有迪特尔·提比略写给我妻子的三首关于性爱和死亡的诗。

正如我之前说过的，我们的生活仍然跟过去一样。我们全家一起去斯普里森林郊游，那里的景色超过世界上任何一个地方，高大的杨树枝叶相交，形成一座天然的大教堂，小溪在树下蜿蜒流淌。我们租了两条独木舟，我带着法伊坐一条船，妻子和保罗在另一条船上，我们穿行在迷宫般的水道中，两岸是绿茸茸的草地。船桨激起的水花飞溅，我给孩子们讲我编的洛杉矶警察局希夫考夫警督的故事。我们也会安静地坐在船上，等着海狸出现，发现海狸时孩子们会开心地大喊。我们带孩子们去水上乐园玩，我和妻子躺在草地上，亲密地依偎在一起，几乎想当场做爱，但我们不会，就像我一个美国朋友说的，我们过于"假正经"。丽贝卡告诉我她现在最想对我做的事，我也告诉她我最想对她做的事。孩子们时不时跑过来把冷水浇在我们脖子上。

开车回家的路上，保罗和法伊在汽车后座睡着了，丽贝卡说，她现在最大的心愿是提比略能够消失，但有时她又害怕提比略消失。

"你害怕我又把自己封闭起来？"我问。

"是的。"她说，"一旦威胁消失，你可能又不见了。"

我向她保证不会，但我心里清楚，所有对未来的承诺都是不可靠的。我也清楚，我们现在的幸福是迪特尔·提比略带来的。难道这意味着我们的幸福是靠他维系吗？如果真是这样，情况简直糟透了。迪特尔·提比略带给我们这么多麻烦，比这些麻烦更可怕的是，他是带来幸福的人——美满的婚姻和幸福的家庭。邪恶会带来美好吗？如果美好源自邪恶，那美好的代价又是什么？假如邪恶消失，美好也会随之消失吗？我不想知道这些问题的答案。

一天晚上，我弟弟有事外出，我和丽贝卡在客厅享用我们的"盛大晚宴"——美味的菜肴、漂亮的衣服、肖斯塔科维奇的音乐、愉悦的谈话。吃完主菜后，丽贝卡说："我必须问你一件事，你听了千万别生气。"

"我不会生气的，你随便问。"我说。

"我们上次去米诺卡岛度假，"丽贝卡说，"你和法伊躺在沙发上时为什么不穿衣服？"

我知道她在说什么。那天，我们在海边玩儿了一整天——跟孩子们一起洗澡、游泳、堆沙堡、扔飞盘。沙子跑进书页之间，报纸被风吹得皱巴巴的。我们涂了防晒霜躺在阳光下，依偎着缩在毯子下。外面凉下来时，我带法伊回房间；玩儿了一整天，她累坏了，一进屋就开始发抖。

"赶紧脱下湿衣服。"丽贝卡在我们身后说。我们照她的话做了。衣服脱掉后法伊抖个不停，我们赶紧躲进沙发的毯子下面。法伊很快睡着了，不一会儿，我也睡着了。后来，保罗拉掉我们身上的毯子，弄醒了我们。

"我让你们脱下湿衣服，"丽贝卡说，"是怕你们会冻感冒。可我没想到，你们两个会不穿衣服躺在沙发上。"

"法伊冻得发抖。"我说，"我给她直接盖上毯子是让她快点暖和起来。"我像是一名被告，努力想证明自己的清白。我对丽贝卡说，我不是恋童癖患者。愉快的气氛消失了，妻子的话让我感到不快，因为她在怀疑我，就像我在怀疑她。

奇怪的是，我从没想过丽贝卡会怀疑我，虽然我一直在怀疑她。她的怀疑刺痛了我。刺痛我的不仅是妻子的猜忌，还有妻子想象的我会对孩子们做的恶心事。

"请你原谅我。"丽贝卡说，"我相信你。我只是必须要说出来。"

"我也相信你。"我说。两个人像这样对彼此表达信任，应该是非常美好的时刻，一个崇高的时刻，可我们是被迫说的，而且毫无必要。"我相信你不会虐待我们的孩子"这种话你永远不必说出口。我们闷闷不乐地相对坐着——两个从没虐待过儿童的人。

　　弟弟到家时我们依然坐在客厅。我记得我和妻子都没再开过口。我们沉浸在自己的负面情绪中，思索着提比略对我们生活的影响。布鲁诺努力逗我们开心，我们却高兴不起来，于是我们三个人一起沉默地坐着，直到各自上床睡觉。

第三十章

我们很快收到了迪特尔·提比略的另一封信，指责我们偷了他的自行车。实在太可笑了——我们全家骑的都是比安奇牌自行车，我特别喜欢这个品牌的蓝绿色。迪特尔·提比略的自行车是一辆几乎快散架的生锈女式自行车——虽然他的话荒谬到极点，可我仍然感到很不安。这更加证明他是个疯子——一个绝不肯善罢甘休的疯子。每次门铃一响我立刻变得异常警觉，是他吗？开门前我会让孩子们赶紧回自己房间。我全身肌肉绷紧，像是准备参加拳击赛，然后我看见 DHL 快递员站在我家门口。他递给我一支电子笔，让我签收包裹。我松了一口气，有点不好意思。

接着，我们又收到一封迪特尔·提比略的信，他收回对我们的所有指控——偷自行车和虐待儿童——并向我们道歉。我们没有如释重负的感觉，因为不太相信他的话，不过这么长时间以来，我们第一次看到了希望。第二天我们又收到一封信，他在信里说，他不会收回指控，他说的每件事都是事实，而且情况越来越糟。

警察来了又走。

经朋友推荐，我们另外找了一位经验丰富的老律师。他理解我们的处境，提出的建议更具建设性，也让我们更看不见希望。他说，别对诽谤罪抱太大期望。他有办法说服法官，证明迪特尔·提比略有严重的诽谤行为，但最多是对他罚款，根本毫无意义，因为他没钱支付罚款。作为惩罚，他必须做一些社区工作，可他照旧住在地下室里。律师的话让我们对法律残存的最后信念化为乌有。我跟母亲讲电话的时间越来越长。

"听着，"一天弟弟对我说，"你不想自己动手把那个家伙从狗窝里赶走的话，那就让别人干，别像个窝囊废似的活着。"

布鲁诺认识一些人，他的客户就能办这种事。他说，他们会好好教训一顿那个怪胎，没人能证明是我们指使的。他不相信"那个浑蛋"挨完揍还会继续赖着不走，不走也没关系，那就再揍他一顿。

其实我一直在思考弟弟说的方法，我管它叫"车臣解决方案"。我的一位客户是格鲁吉亚人，我跟他大致说过迪特尔·提比略的事，他建议我把这件事交给他的"车臣朋友"去办。我当然不会同意，但车臣解决方案时不时地出现在我脑海中——像是一种安慰剂或复仇幻想。

我当时心力交瘁，所以弟弟跟我说起这事时我没有断然拒绝。一开始我不同意，跟弟弟争论一番后我同意去见见那些人。布鲁诺打了几个电话，约好当晚我们去见一个自称米克尔的男人。

我们开车去柏林的东北部。弟弟带我到了一家酒吧，外面停放着很多辆摩托车，大多是重型摩托车和美式机车。有两辆摩托车一看就是布鲁诺的手笔，画着来自魔幻世界的女人和战士。

"你觉得我牛吗？"布鲁诺站在摩托车前问我。

"当然。"我说，"我觉得你很牛。"

酒吧的名字叫"警方"。自称米克尔的男人坐在靠墙的一张桌子后面。我们走进烟雾弥漫的幽暗酒吧，每张桌子都有人，角落里几个人在玩飞镖。米克尔是个六十岁左右的瘦子，鹰钩鼻、薄嘴唇、白睫毛、白眉毛，光秃的头上挂着几缕长发，像顶了个花环。他穿着一件摇滚歌手常穿的无袖厚背心。警方酒吧里几乎所有人都穿着无袖厚背心，包括少数几个女人。从音箱传出的摇滚乐震耳欲聋。有人把啤酒放在我们面前，虽然我们没有点。

"你遇到麻烦了？"米克尔用柏林方言对我说，"告诉我是怎么回事儿。"

我把迪特尔·提比略的事原原本本讲了一遍，有些地方特意夸大了一些。我讲完后，米克尔简单地说："一千欧元，另加两百元成本费。"

"我不希望他受伤。"我说。

"总共一千五百元。"米克尔说，"成本费多了三百，要用毛巾。"

"为什么要用毛巾？"我问。弟弟冲我翻了个白眼。

"包住拳头。"米克尔说。

我想知道为什么不受伤比受伤贵得多，米克尔耐心地向我解释，让人感到疼痛却又不会受伤操作起来有多复杂。

一个女人走到我们桌子旁——短裙、低领、红鞋。她把一捆钞票放在桌子上，米克尔舔了舔手指，一张张开始数钞票。我也跟着一起数，大概九百欧元。米克尔点点头，女人走开了。

"我哥想用文明的解决方式。"布鲁诺说。

"我们帮助他实现文明方式？"米克尔问。

我被激怒了。本来一切都很顺利，为什么布鲁诺偏偏在这时找我的碴儿？

"我们尽量遵守《日内瓦公约》的规定。"米克尔说。

我很惊讶，他居然知道《日内瓦公约》，我弟弟接过话头："带上国际红十字委员会和医护人员，那就绝对不会错。"

"嗯，那你可要再多付点成本费。"米克尔说，布鲁诺哈哈大笑。

"你是个浑蛋。"我气得骂了布鲁诺一句。

"你把自己变成个傻瓜，你一点儿都不知道吗？"他凑上前对我大喊，"你没办法像个男人的话，就让别人做男人该做的事。"

我用头照着他的前额撞了一下，我气坏了。我们两人同时跳了起来，扭打在一起，打翻了桌上的啤酒，但没过几秒钟，我就被米克尔牢牢抓住了，布鲁诺同样动弹不得。米克尔不轻不重地拍了我们两个脑袋一下，不像生气，倒更像长辈的关心。他让我们离开，说他不会跟我们这种人做生意。

我们出了酒吧，布鲁诺照着一辆他装饰过的摩托车狠狠踢了一脚。摩托车重重倒在地上，我们大笑着跑向我的车子，伴随着轮胎的摩擦声，我们开着车一溜烟跑了。

第二天，布鲁诺听说米克尔的摩托车损坏严重，正派他的手下到处找布鲁诺。布鲁诺跑去中国青岛，为一个有钱的中国客户装饰宾利车。

第三十一章

　　大学毕业后我回到柏林，为一位知名建筑师工作。三年后我自己创业，在柏林一个不错的地段租了几个房间，同时也做一些投资，直到有一天我发现自己背了一身债务。于是我将重点放在家庭住宅上，一开始只接装修和改造工作，后来逐渐转向房屋设计。人总是会长大的，我不再幻想建造新世界。我发现为别人打造一个家能给我带来满足感，那种幸福感不亚于房子主人。他们拥有自己的家时是多么开心啊——有时开心的次数未免多了些，但这不是我想表达的重点。例如，前一个家庭破裂后，我要推倒自己设计的房子重建，为新组成的家庭再盖一所新房子。

　　我干得不错，赢得了好几个奖项。我最喜欢的设计是达莱姆的一所房子，建筑材料全部采用玻璃，那是一个两层的长方形房屋，屋顶沿水平方向铺了一层板条，每块间隔三厘米。从房间可以看到板条底部，上面描绘了各种颜色，让房子流光溢彩，充满活力，又不过分花哨。当观看角度和光线发生变化时，房屋会呈现出不同的色彩。这栋房子被《建筑文摘》大加赞美。

丽贝卡也毕业了，她得到一份研究助理的工作，协助一位研究人类基因组项目的教授。该项目的目标是解读人类蓝图，同时也能收获财富和名望，基因研究很有可能实现医学上的突破，产生新药物。丽贝卡的教授对 21 号染色体进行测序，研究成果会带来丰厚回报。丽贝卡擅长研究工作，她非常努力，我也一样。我们深爱彼此，希望永远在一起。

1998 年克雷格·文特尔引发了一场风波，我们的情况开始变得糟糕。还有人记得克雷格·文特尔吗？他是个美国人，创立了塞雷拉基因组公司，能用一种特殊方法快速解码人类 DNA，重点研究那些能带来巨大利润的基因组，其中就包括 21 号染色体。基因竞赛开始了，大家为了名声和专利争分夺秒。丽贝卡连周末都在工作，回家后她总是疲惫不堪，没有体力再出门交际应酬。不知不觉间，我们的关系出现了第一次危机。

有时我们会争论基因问题，我不认为人类是由基因决定的。我相信人类是自主的生物，可以自行做出判断和决定。这听上去也许有些幼稚，我知道有的人完全没有选择的自由。总的来说，我的看法可以归结为一句话：我们有选择权。丽贝卡完全不赞同我的观点。在她看来，我们的基因是决定因素，对我们的生活影响巨大。

"拿我姐姐、弟弟和我本人来说，"我说，"我们有相同的基因，可我们完全不同。"

"你有没有想过？"她问，"你是建筑师，你弟弟装饰摩托车，姐姐学习时装设计——你们三个人从事的工作全部跟画画有关，你还认为你们完全不同吗？"

"我们的父母又不会画画。"我坚持道。

"那是你没看见。"丽贝卡说，"还有谁织的毛衣比你妈妈更好看？我看过你家的相册。"她继续说道，"那是一种天赋——用图形表达自己的想法——用设计表达内心的爱。"

"可我没从父亲那里继承任何东西。"我说。丽贝卡立刻用她常说的那套理论来反驳我。

"因为你不想从你父亲那里继承任何东西，虽然你拥有他的优秀基因。"丽贝卡说，"你父亲的基因会告诉你如何维系长久的婚姻，如何在艰难的情况下养育子女——"

"我同样有能力养育子女。"我打断丽贝卡——我说这话简直是没脑子。

"没错。"丽贝卡平静地说，"你的基因已经决定了，即便你还没有孩子。"

我又被说得哑口无言，心里有些不高兴，可我仍然不认输。每次讨论到最后，我和丽贝卡都觉得我们的生活和希腊悲剧没什么两样，希腊诸神引导人类，但最终做决定的是人类自身。

"所以，人类有选择权。"我脱口而出。

"人类遵照神的意愿做出选择。"丽贝卡常常这么说，我总觉得她这句话哪里不对，像是她为了证明自己正确特意编出来的——可我又一直想不出该如何反驳。

在基因测序最紧要的关头，丽贝卡怀孕了。我们从来没有真正使用避孕手段。我每次多加小心，她也多加小心，结果证明我们中的一个人——或我们两个人——不够小心。对丽贝卡来说，答案很简单，她应该选择流产，可我不太想。我们之前讨论过，如果有了孩子，我们的生活将有哪些改变——我觉得是往好的方向改变；丽贝卡不这么认为，有了孩子她就没办法从事全职工作。可她又不能接受流产。于是，保罗出生了。六周后丽贝卡继续她的基因测序工作。

我们对喂奶和照顾婴儿做了详尽的规划，执行起来却并不顺利。丽贝卡的教授正努力追求名利，对她的表现很不满意，因为丽贝卡不能"全身心"投入工作。丽贝卡也不开心，她工作时一心想着孩子，和孩子在一起时又总是惦记工作。她希望我可以减少工作时间，让她多做些工作，因为我是她唯一可以放心托付孩子的人。从世俗的角度来看，我当时的收入已经很可观了，她赚的钱却不多。我认为，答案是显而易见的，丽贝卡接受了我的建议。六个月后她开始休产假，从此再没回去工作。

这么做不对吗？我家举办晚餐聚会时，有些职业女性坚信选择事业才是正确的，对丽贝卡放弃工作表示惋惜，丽贝卡听了很不开心，我和丽贝卡为这件事也吵过好几次。女人普遍认为做家庭主妇是错的，男人则表示沉默。我知道丽贝卡常常因为放弃事业而难过，于是安慰她说，为孩子牺牲自己是最伟大的事。我也清楚，对一个已经实现自己抱负的男人来说，当然可以十分轻松地说出这种话。最近，丽贝卡总说想回去工作。

有了孩子后，我们重新认识了对方。孩子能改变一切，尤其是改变他们的父母。保罗出生几个月后，我和丽贝卡清楚地知道，我们当中谁能够连着三晚不睡照顾孩子，谁又做不到。（我做不到，丽贝卡能做到。）那几年我们总在吵架，已经搞不清楚我们是夫妻还是仇人。我们常常为时间安排的问题争吵：是谁把一直在哭闹的孩子丢给对方，自己跑出去喝酒？是谁和老朋友周末跑去西班牙巴塞罗那玩儿？

到了晚上，我们谁也不想跟对方上床，因为孩子在你怀里、胸口、肚子上待了一整天，再多一点点身体接触都会让你爆发。也许这是我们关系出现裂痕的另一个原因，虽然我心里并不认同，因为孩子是发生在我们身上最美好的事。最美好的事怎么可能带来负面影响呢？但换个角度去想，如果美好可以来自邪恶，那么美好同样会滋生邪恶。我们的生活处处充满了矛盾。

孩子们出生后不久，我和父母的关系变得亲密起来，尤其是我的母亲，她是个非常棒的祖母。我父亲也是位称职的祖父，有时我会有一种奇怪的感觉，我嫉妒父亲对孩子们那么好，这种感觉吓到了我自己。就像我们可以从不同的角度看待伴侣，我们也可以从不同的角度看待父母。

姐姐去世大概半年后，我接到母亲打来的电话。我记得很清楚，那是个星期二，我当时正在建筑工地跟瓦工理论，我的手机响了，母亲在电话另一头激动地大喊，说父亲去妇科医生诊所了。我立刻明白了，由于科妮莉亚妇科医生的疏忽，耽误了她的病情，那个妇科医生从此成了我们全家的死敌。

"刚刚前台接待员打电话给我。"母亲说。

我丢下还在争辩的瓦工，跳上汽车，飞速离开。我知道诊所在哪里。我一向遵纪守法，从没闯过红灯，可那天我一路在飞车，不管红绿灯，不管交通标志。我一直认为父亲有一天会大开杀戒。每当我听到枪杀案的新闻，我都会屏住呼吸，直到确定凶手不是父亲才会松一口气。我知道这有些神经质，可如果你在我的环境中长大，相信你也会变得神经质。我似乎已经看到科妮莉亚妇科医生的诊所里横七竖八的尸体，鲜血在沿着地面流淌。车没停好我就冲出去往楼上跑，一步三个台阶，边跑边暗暗祈祷，希望不要听到枪声，虽然我已经很多年没祈祷过了。

"我父亲在哪儿？"我对前台接待员大喊，她朝候诊室指了指。我看见父亲了，他坐在椅子上，双手抱在胸前。他左边是个孕妇，右边是个正给孩子喂奶的妈妈。旁边的角落里，一个孩子在玩儿积木。候诊室的椅子只有三分之一是空的——大概有十几个女人。父亲没看到我——或者说，他根本没留意周围的人，他茫然地看着前方。我碰了一下他的肩膀，他全身一震，但没有伸手掏枪。

"是我。"我说。

"伦道夫。"他说。

"走吧，我们回家吧。"我说。我攥住父亲的右胳膊，像是要扶他起身，其实是为了阻止他掏枪，他身上肯定带着枪。父亲站起身，动作迟缓，像是老了很多。我扶着父亲离开候诊室时，周围的女人全在看着我们，我们一小步一小步往前挪。

走到楼梯时父亲开始哭泣。我从没见父亲哭过，不知道该怎么办。他伸手搂住我的脖子，他以前也从来没这么做过，然后伏在我身上痛哭，我感觉到他滴落的泪水。我必须承认，我当时只觉得茫然无助，不知所措。我想挣脱他的怀抱，赶紧离开，可我是他的儿子，我不能丢下他不管。

我感觉到他腋下别着的左轮手枪。

"把枪给我。"我说。其实完全没有必要，父亲现在绝不可能开枪。我只是想找个借口脱离他的怀抱。父亲向后退了半步，摸索了一阵，从身上掏出一把左轮手枪递给了我。我听到有脚步声接近楼梯门，急忙将左轮手枪插进裤腰，用夹克衫挡住，然后扶着父亲下楼，他边走边哭。一个女人奇怪地看了我们一眼，左轮手枪压迫着我的尾骨。

我们上了车，我先送父亲回家，然后开车回到建筑工地。我的内心很不平静，假如父亲动过杀死妇科医生或者在诊所大开杀戒的念头，那只能说明他很爱我姐姐。可她在世时，我们没觉得父亲很爱她。深藏的父爱。

那么，父亲对我和弟弟也一样吗？父亲也很爱我们吗？各种念头纷至沓来，我想不明白，也无法确定。不过，我明白一点，如果我们有什么意外，我父亲绝对不会放过伤害我们的人。现在，我知道父亲爱我——他一直爱我。他们这代人表达爱的方式不同，他们把爱深藏在心里，不会表现出来。

我对保罗和法伊的方式跟父亲不一样。我一直以为自己摆脱了父亲的影响。我对汽车不感兴趣，我的职业不是推销员，我没在福特公司工作。我跟父亲完全不同，对此我一直引以为傲。像丽贝卡这么聪明的女人也无法摆脱家庭的影响，跟她母亲一样从事医药工作。我却可以选择任何行业，我没有从事父亲的工作，我不想成为他。我以为我是自由的。我真是个傻瓜，我们无法摆脱父母的影响。我们或者走上他们的路，或者选择另一条完全不同的路，那也只是因为我们不想走他们的路。即便对待孩子们，我同样受到父亲的影响，我坚持某种方式，只是因为他对我们是另一种方式。父母对我们的影响超过其他一切，我们一生也无法摆脱。我花了很长时间才明白这点。在我家举办的晚餐聚会上，关于父母的话题总是最敏感、最触动人。一个五十五岁的老年人

一下子变成个孩子，为自己四十五年前受到的伤害痛哭，希望听
到爸爸妈妈说一句话，渴望——极度渴望——爸爸妈妈现在能抱
一抱自己。

第三十二章

　　我在花园里又看见过迪特尔·提比略两三次。他在地下室门口转来转去，跟我们保持距离，每次我从躺椅上起身，他立刻跑进他家。我没再见过他手上拿刀或者苹果。"走开！"我朝他喊。他说他有权利待在这里，从法律角度来看，他是对的。我时不时地站起身，让他暂时从我眼前消失。孩子们在蹦床上开心地跳着，对周围发生的一切毫无察觉。

　　迪特尔·提比略拿刀这件事我告诉了一个朋友——不过，我没提苹果。我的故意隐瞒有点可笑，可我越来越觉得别人感受不到我们糟糕的处境，因为的确没发生什么严重的事。别人不理解那种无声的恐惧，我们对自己念头的恐惧。这就是为什么我故意不说苹果——希望别人能够理解我们。结果适得其反，我朋友一听，认为事态非常严重，我们必须马上搬走。他简直不敢相信，有人拿着刀扑向你时，警察竟然不管。

　　"准确地说，他没有拿着刀扑过来。"我意识到自己犯了个错误——我们的处境很糟糕，却没法说清楚这种无形的威胁。我不再跟朋友们聊迪特尔·提比略，如果有人问起，我也只是含糊其词。"老样子。"我回答。

8月，我们去米诺卡岛待了三周。假期的最初几天非常愉快，两个从没受过虐待的孩子玩得很开心——他们在家里也同样开心——然后发生了一件事，让我和丽贝卡十分不安。一天下午，我们从海滩走回住处，像往常一样，拿着毛巾、空野餐篮和浮水圈之类的东西。我们从一堵矮石墙旁经过，靠近墙根处有个小洞，孩子们停下脚步，好奇地研究这个洞。为什么这里会有个洞？

"让小动物钻过去的。"法伊说。我们都同意。我们一起猜哪些动物可以钻过去：猫、狗、狐狸——如果米诺卡岛有狐狸的话——貂……

"鳄鱼。"我说。

保罗说："这里没有鳄鱼。"

"这里有小羊。"法伊开心地喊。

然后，保罗说："提比略钻不过去。"

我和丽贝卡愣住了。这是我们假期的第三周，我们几乎没提过迪特尔·提比略，而且我们也绝不会在孩子面前提他。保罗为什么想到他呢？这个小家伙的脑袋里到底装了什么？

"对，"我立刻说，"他太胖了。"

"他真的很胖。"保罗说。

"胖极了。"法伊说。

"他不在这里。"丽贝卡说,声音有一丝颤抖。然后我们继续猜动物,鼹鼠、老鼠……

晚上,等孩子们睡下后,我和丽贝卡坐在露台上喝酒聊天,我们不知道绝口不提迪特尔·提比略的做法到底对不对。我觉得我们做错了,保罗的话说明孩子们知道迪特尔·提比略有危险——他们一直记得,而且受到了影响。

"我们应该给儿童心理学家打个电话。"我说,"不能让孩子们受到迪特尔·提比略的影响。"

夜里外面传来鸟叫声,吵一阵,停一阵,让人心烦意乱,我们听到隔壁邻居用勺子敲打锅子,但没能把鸟赶走。我们沉默了很长时间,我沉浸在自己可怕的想象中,想象孩子们落入迪特尔·提比略的魔爪,被他绑架、关押、虐待。偶尔也会闪现一些不太可怕的画面:法伊抱着她的娃娃,保罗在地板上玩火车。我看见孩子们被关在地下室,回想他们曾经无忧无虑的快乐时光。那晚我们久久不能入睡,丽贝卡在我身边辗转反侧,鸟在窗外叫个不停。

我们到家时看见窗台上有一封信,里面是一首诗。我没有细看——只是扫了一眼,看看迪特尔·提比略这次又玩儿什么新花样，然后按照惯例把信交给了律师，不抱任何希望。关于诽谤罪的听证会还遥遥无期，不过，已经不重要了。我打电话给母亲，告诉她保罗在米诺卡岛说的话，还有我们绝望的处境。这个电话让我和母亲的关系有了重大改变。我之前总是报喜不报忧。姐姐去世了，弟弟的生活方式让母亲无法接受，虽然弟弟自己过得很开心，但母亲不这么想。而我则完全符合母亲心目中的成功人士形象，有稳定的家庭，优渥的生活，一定的地位。

"至少你是幸福的，对吧？"叹息完科妮莉亚的早逝和布鲁诺的不幸后，母亲有时会问我。在此之前，我总是给她同样的答案："是的，妈妈，我很幸福。"我向母亲讲述我的幸福生活，即便当我的婚姻与幸福完全不沾边儿时。我的幸福生活是母亲的慰藉，我小心翼翼，不让母亲察觉真相。

现在，我向母亲坦承提比略带给我们的种种烦恼。我不是刻意的，完全是下意识的。我开始在电话里向母亲倾诉，渐渐地我发现自己心里有了一个目标，今天回想起来，在我潜意识的深井里，一群蟾蜍守卫着孕育我阴暗想法的死水，一个行动计划从井底慢慢浮现出来。有时，疏于守卫的蟾蜍让这些阴暗的想法浮出水面——从小水泡变成大水泡，最后变成行动。我的想法就是这样变成行动的。我知道母亲会将我的话转告父亲。我知道父亲听了会难过，我在科妮莉亚的医生诊所见过他伤心的样子。也许我心里有一线微弱的希望，希望父亲会忍不住做些什么，但我必须强调的是，这一切都是我的下意识行为。

　　一天早上，我接到迪特尔·提比略的电话。我们关系恶化前我给过他手机号码，当时他的公寓出现一处破损，向我咨询要怎么处理。

　　"你还跟我说话吗？"他直接问道。

　　"你说吧。"我立刻警觉起来，同时抱有一线希望，但愿这次能达成一个解决方案。

　　"你真的认为，"迪特尔·提比略问，"我看到和听到的那些事从来没发生过？"

　　我又一次感到失望，我的回答听起来非常可笑："我只在法庭上回答这些问题。"

　　他沉默了很久后再次开口："上次你在我家门口，说我病了，需要帮助，我不知道我是不是真的病了。"

　　"我确信你病了，需要帮助。"我说。

　　"你真的认为，"他继续说道，"我说的那些全是假的？"

　　我的回答简单明确："是的，全是假的。"

　　他又一次陷入沉默。

　　"你应该寻求帮助。"我的口气温和下来。

　　"有时我自己也不确定。"他说，"也许我真的病了。过些日子我要找医生看看，我总在害怕。"

　　我答应会帮他找个医生，随后挂断了电话。

　　我问我的全科医生有没有认识的心理医生，他向我推荐了一位同事。我联系到那位心理治疗师，他答应尽快上门帮迪特尔·提比略看病。到了约定时间，我看见心理治疗师的车停在我们楼下，他按了前门上迪特尔·提比略家的蜂鸣器，没人开门。我听到心理治疗师又按了好几次蜂鸣器，我打开前门让他进来。我们一起走到地下室，按门铃，敲门，大声喊提比略的名字——里面没有任何动静。我谢过医生，向他表示歉意，然后送他离开。我对和平解决问题彻底绝望了。第二天，窗台上又出现了一首诗。

第三十三章

现在回到这起杀人案，我前面多多少少已经讲了一些。我们的前门总是吱吱响，加了润滑油也没用，迪特尔·提比略的尸体被抬出去时前门又在吱吱作响。我站在窗前看着，没有胜利者的喜悦，只是松了一口气，父亲已经被警察带走了。我先打电话给丽贝卡，然后打给母亲，她们似乎并不感到意外。我们没有谈论杀人案和杀人动机，我们关心的重点是父亲——我们接下来要怎么帮助他，怎样才能让他的关押生活好过些。

调查过程中，探长一度认定我们全家共同谋划了这起杀人案，我们向他保证，我们从没谈论过杀人的事。这的确是实情。我从没跟父亲提过迪特尔·提比略；这段时间以来，我和父亲只在他生日时交谈过一次，而且说的都是"祝您健康长寿""非常感谢""最近好吗？""很好，你也好吧？""我也很好""您多保重""你也保重"。我和父亲向来话不多。我从没让母亲向父亲转告我的话。退一万步说，即便我有什么计划，丽贝卡也丝毫不知情，我们不用说出口，我们明白彼此的想法，这是我们家特有的交流方式。我们明白对方发出的信号，沉默的共谋是无须承担法律后果的。换句话说，也没有证据可以证实。父亲承认是他独自实施的犯罪，没有其他人参与。探长没有穷追不舍，我不知道他是不是相信了我们的说法。他大概也知道，他不可能找到任何共谋的证据。

第二年3月，父亲的案子开庭了。我很紧张。我们知道检方会提出谋杀指控，律师安慰我们说，陪审团有可能认定是过失杀人。谋杀罪的最高量刑是终身监禁，在监狱里至少要服刑十五年。过失杀人的最高量刑是十五年，至少服刑七年半。可问题是，我父亲已经七十七岁了，也许撑不到出狱那一天。

陪审团主席是一个五十多岁的女人，脸庞圆润，神情和善，一头蓬松的金色卷发足有她两个脑袋那么大——在剧院我最讨厌坐在这种人后面——身上的笨重金饰闪闪发光。检察官五十出头，神情憔悴，身材消瘦，疲惫的样子像是刚跑完马拉松。他指控我父亲犯有谋杀罪，有预谋地实施杀人，完全符合法律对谋杀罪的定义。检察官的话音刚落，旁听席就传来一阵嘘声。法庭几乎坐满了人。新闻媒体详细报道了这起事件，大部分媒体站在我们这边。我必须要说的是，对我们表示出最大善意的几家报纸，我以前从没看过，但它们现在成了我们坚定的盟友。一个受到威胁的家庭选择自己保护自己，这完全符合普通民众的价值观。我开始认真阅读小报的报道。也许我的用词有些傲慢，心态有些偏激，但媒体的态度说明迪特尔·提比略对我们的所作所为的确是一种野蛮行径。当然，我承认，杀人行为本身也是野蛮行径。

庭审一开始，父亲就对杀人行为供认不讳。父亲口才很好，这点我没学到。他讲述了自己为孙子、孙女、儿子和儿媳的生命安全感到担忧，害怕那个"住在地下室的男人"会伤害他的儿孙。他愤怒地指责无能的政府，还有无法保护一个无辜家庭的国家机器。如果我没看错的话，法官和检察官的脸上露出尴尬的神情。

"我有罪，"父亲最后说道，"我杀了人，因为我想不到其他办法来帮助我的家人。我应该受到惩罚，我忏悔自己犯下的罪行。"

陈述过程中父亲一直保持冷静，让我非常钦佩。他对犯罪过程只字未提。

父亲快讲完时，法庭的门开了，一个穿着连帽衫的男人走了进来。他把兜帽拉得很低，遮住了整张脸，过了一会儿我才认出他是布鲁诺。我示意他过来坐我旁边，但他在后面找了个空位坐下。他去青岛后我还没见过他。我发过几封电子邮件，他一封也没回。看见他我很高兴，但他充满敌意的眼神让我感到惊讶。

那天上午，丽贝卡第一个出庭做证。她描述了内心的恐惧，害怕自己和孩子们受到伤害，以及那些信件和诗歌给她带来的痛苦。她表现得非常出色，平静，镇定——可怕的回忆让她不时有些激动，但没有情绪化。我们的律师坚持读完提比略所有的信件。他读信时，我可以感觉到整个法庭为之震惊。

我在丽贝卡之后做证。我同样讲述了我们的恐惧，并详细说明了我通过法律手段解决问题的种种努力。我的证词主要阐述了我们的处境：孤立无援，求助无门。我们一直信任自己的国家，按时缴纳税收，认真履行公民责任（每次选举尽责投票），可在我们需要帮助时，我们发现自己孤立无援。跟丽贝卡相比，我不够镇定，我的声音偶尔颤抖，但总的来说，我的表现还不错。我做证时偶尔瞥一眼弟弟，我捕捉不到他的目光，他双手托着头，一直盯着地面。

检察官的问题一个接一个向我抛来。他问我为什么不搬走。

"假如有人做坏事威胁你，你会逃走吗？"我反问他。

"我绝不会通过杀人解决问题。"检察官说。

我们的律师打断他："你在暗示证人犯有谋杀罪吗？"

检察官说他没做任何暗示。

主审法官要求控辩双方保持冷静，问检察官是否还有其他问题要证人回答。

检察官说："没有其他问题了。"

宣布庭审休息后，我立刻朝弟弟走去。我像以往一样张开双臂，想给他一个热烈的拥抱，但他僵立不动，对我的拥抱没有任何反应。我失望地松开手，因为丽贝卡在等着拥抱他，我看到他们两个亲密地抱在一起。

"为什么把头罩起来？"丽贝卡不解地问。布鲁诺说，米克尔的手下时不时会出现在刑事法庭，遮住脸是避免撞到那些家伙，米克尔的人还在到处找他。

我们穿过马路去法庭对面的一家酒吧，等三明治和咖啡时，弟弟怒冲冲地质问我："你干吗把爸爸拖进来？你干吗不自己动手？"

我说我没有把父亲拖进来，我从没跟父亲提过杀人的事，我和父亲几乎连话都不说。"你知道他那个人。"我说。

"别放屁了。"弟弟说，"我们俩心里都清楚，是你把他拖进来的。"

这次我没有断然否认。

"你为什么不能像个男人，自己动手解决？"他继续质问道。我说这是保全一家人的最好办法。如果我去杀人，保罗和法伊会失去生活保障，失去父亲的陪伴。他们也会成为没有父亲的孩子。

"你这话是什么意思？什么叫'也会'？"弟弟气呼呼地说，在"也"字上加重语气。

"像我们一样。"我说。

布鲁诺说，他不是一个没有父亲的孩子。他说话带着哭腔，不再咄咄逼人。

我说父亲从没为我做过任何事，现在他有机会为我做点什么，于是他就去做了。

"胆小鬼。"弟弟大吼。

几个穿着长袍的法官和律师坐在我们隔壁桌，他们转过头来，弟弟冲他们伸出中指。丽贝卡伸手按住布鲁诺的胳膊，轻轻"嘘"了一声。我们的餐点送了过来，我们沉默地各自吃东西，过了一会儿弟弟开始讲起他在中国的经历。吃过饭我们又穿过马路回法庭，听证会又开始了。

父亲收藏的大量枪支成为法庭的焦点。检察官最初将这些枪支认定为被告具有"暴力倾向"的证据，随后，一位心理学家作为专家证人为我父亲辩解。心理学家的证词让我印象深刻，我父亲在他口中是一个有些可笑的普通人——一个"遭受战争创伤却不自知"的人，"极度渴望安全感，同时也渴望暴力"——但这种对暴力的渴望"不会转化成行动"。

心理学家说我父亲能够"将他的暴力欲望——很多人都有这种暴力欲望——压在心底，不会付诸行动"，但可以肯定的是，当我父亲"面临威胁彻底无助，心中的恐惧再也无法克制时他会采取行动"。他的家人陷入困境，迫使他必须使用暴力，于是"赫尔曼·狄梵萨勒将只存在他幻想世界里的暴力带到了现实世界中"。我不知道心理学家的说法是不是正确，虽然这番话令人费解，但足以证明我的父亲没有检察官口中的"暴力倾向"。

法官即将宣布第一天的庭审结束时，我们的律师请求法官听取另一名专家证人的证词。我很惊讶，之前没说过还有一名专家证人。法官似乎也不太高兴，她不喜欢法庭上出现意外情况。我们的律师解释说，庭审休息时有位心理学家主动来找他，说认识提比略，从报纸上知道今天开庭，特意赶了过来。这位心理学家曾应邀对提比略做过心理评估。法官表示很感兴趣，检察官也同意听取专家证人的意见。

我开始感到紧张，到目前为止一切顺利。我最担心的情况没有出现：人们认为迪特尔·提比略是贫富阶层对抗的牺牲品，我们是邪恶富人的代表，肆意践踏穷人的社会权利。可现在看起来，这个突然冒出来的心理学家可能会朝这个方向引导大家。他脖子上挂着一副眼镜，穿着一条宽松的灯芯绒裤子，格子夹克的肘部打着皮革补丁。

"那我们就听听你的看法吧。"法官说。心理学家坐到证人席，开始做自我介绍。我身体前倾，仔细听他说的每一个字。坐在我旁边的丽贝卡也显得很紧张。

迪特尔·提比略二十八岁时心理学家就认识他了。社会福利办公室委托心理学家对提比略进行心理评估，提比略当时患有重度抑郁症，不能继续工作，福利办公室的人想知道情况是否属实。

"我和他交谈过几次。"心理学家说，"迪特尔·提比略来自一个中下层家庭，家境不富裕，但也不是穷人。他的父亲很早就抛弃了他们母子，完全不管他们的死活。他父亲在一家制造电子产品的公司担任销售代表，无论提比略怎么求他父亲，他父亲都不肯见他，也不给赡养费。提比略的母亲要工作，没时间照顾孩子，还经常打他，把他锁在房子外面，刚开始是几小时，接着是一整天，最后连晚上也不给他开门。社会工作人员定期去提比略家看他们，后来提比略的母亲把他送进了福利院，他那时才九岁。"

心理学家说，提比略在儿童福利院时就很胖，其他男孩常常欺负他。他超出常人的智力也是他被同伴欺负的原因——他很聪明。心理学家详细描述了迪特尔·提比略遭受的种种不幸：羞辱、殴打、性虐待。有一次他被迫用自己的大便刷牙。我承认，心理学家的讲述并没让我感到愧疚，我只关注他的证词本身。我听到周围响起叹息声，猜测大家对迪特尔·提比略的不幸遭遇会有什么反应。

"提比略二十岁时，"心理学家继续往下说，"他似乎摆脱了不幸的过去。他接受了教育，学习信息技术专业，而且找到了一份喜欢的工作。但是五年后，他辞掉了工作，从此与社会彻底脱节。""迪特尔·提比略患有严重的抑郁症，"心理学家说，"他在童年和青春期的经历让他遭受'多重心理创伤'，表现为极端懒惰。"法官问："可以描述一下极端懒惰吗？"心理学家说："整天昏睡，对什么事都提不起兴趣。"

检察官问心理学家迪特尔·提比略有没有恋童癖。妻子抓住了我的手。

我们同时屏住呼吸，我们即将知道一直以来面临的威胁到底是什么。之前我希望威胁不严重，可现在我希望很严重。

现在，威胁已经消失了，对我们不再有影响。威胁的严重性是杀人是否正当的关键。

"绝对没有。"心理学家说。

我不敢相信自己的耳朵。心理学家的回答似乎在说，迪特尔·提比略不该死。

"提比略有没有暴力倾向？"检察官问。

"绝对没有。"心理学家的声音流露出愉悦，人们的惊讶反应令他感到满意。旁听席响起低低的交谈声。

我不相信，这绝不可能。提比略对我们做了那么多浑蛋事，让我们经历了那么多痛苦。而眼前这个心理学家竟然说，提比略没有暴力倾向？杀死提比略的理由突然变得站不住脚，连我自己也不再百分百肯定了。我之前担心不采取行动，提比略会伤害我的妻子和孩子们，现在才知道他没那么危险。我的妻子和孩子们没有受到威胁，是我自己假设他们有危险。担心和假设从情理上讲没有问题，可在法庭上不能作为证据。

我们的律师提出质疑，他列举了迪特尔·提比略对我们所做的一切，最后说道："这些说明他是一个有暴力倾向的人。"

"恰恰相反，"心理学家说，"迪特尔·提比略有受虐狂倾向。"法庭再次响起低低的交谈声。

"你可以解释一下吗？"律师问。

"当然可以，"心理学家说，"没有什么比生气的女人更能满足迪特尔·提比略的性欲。"

我突然听到一声尖叫，以前从没听过的刺耳声音，几乎刺穿了我的右耳膜。妻子坐在我右侧，尖叫声正是她发出的。她不停地尖叫，先是坐着，然后站了起来，所有人都惊讶地看着她。法官问丽贝卡出了什么事，丽贝卡没有回答，只是一声接一声地尖叫。法庭人员走了过来，要带她出去，丽贝卡不肯离开。

"丽贝卡，"我柔声说，"坐下来吧。"

我没想到的是，丽贝卡立刻停止尖叫，在我身边坐了下来，木然地听证人继续往下说。

"我想说一下我对这件事的看法，"心理学家说，"可以吗？"

"可以。"法官说。

"提比略，"心理学家解释道，"故意一次次地激怒狄梵萨勒太太，他想听到她的尖叫声，来满足他的性欲。还有什么比指责一位母亲性虐待孩子更能激怒她的？"

法庭一片沉寂。

丽贝卡立刻明白了。我了解她的感受，因为我跟她一样，感觉自己被玷污和侮辱。迪特尔·提比略诱使我们玩儿他的游戏，我们上当了。他知道丽贝卡容易被激怒，他在地下室听过她的尖叫声，于是故意用荒谬的言论和无耻的指责激怒她。

"他强奸了我。"丽贝卡轻声对我说，"不，不是强奸，他和我发生了性关系，而且我完全配合。"

我把妻子抱在怀里。从某种意义上说，妻子背叛了我，可我不能责怪她，因为错不在她。我看见周围的人投来同情的目光。大家又一次站在了我们这边。

之后的庭审没再出现意外。检察官仍然坚持谋杀罪指控，庭审第二天时，检察官要求法庭判决谋杀罪成立。他说，他理解我父亲的初衷是为了保护家人，却采取了非法剥夺一个人生命的方式，明知是犯罪，依然用最残忍的手段杀死被害人。检察官说，被害人没有跟踪骚扰过我父亲，而且我们完全可以通过搬家来解决问题，我们却不肯搬走。

检察官说，谋杀罪构成的前提是预谋杀人，趁被害人毫无防备时实施犯罪，被害人无法预见被告会袭击他，也不可能预见到，并且当被告开枪时，被害人既没有能力反抗也没有逃跑的机会。检察官最后说道，依照法律规定他别无选择，只能请求法庭判处被告终身监禁，即便这意味着被告至少要在监狱待十五年。考虑到被告的年龄，终身监禁的判决也许有些严厉，但法律就是法律。

我们的律师恳请法庭做出过失杀人的判决，判处被告六年徒刑。律师特别强调我们的家庭现状，具体的辩论细节我不想再复述了。法庭接受了律师的建议，判定我父亲犯有过失杀人罪，但按照控方的要求多加了两年刑期，判处八年有期徒刑，我父亲至少要服刑满四年，不过，服刑一到两年后可以申请日间假释。现在，我们正在申请。

第三十四章

"爸爸？"

我今天又来看父亲。

父亲没理我，只是半睡半醒地坐在那里。

这次我带孩子们一起过来了，我每月带他们来一次。起初我半个月带他们来一次，探监对孩子们来说不是一件容易事。他们刚开始会哭闹，以为身后关上的铁栅栏门再也不会打开。来的次数多了，他们不再害怕，开始在走廊追跑打闹。我让他们安静点儿，转念一想，在监狱里不需要安静。再后来，孩子们开始感到无聊，他们今天就觉得无聊。他们带着画笔，准备来监狱画画。我和科特克讲话时，孩子们坐在椅子上画风景和动物，有时抬头看一眼他们的爷爷。父亲安静地坐着，沉浸在他自己的世界里。我察觉到孩子们有些怕父亲。希望父亲不会知道，我真心希望父亲察觉不到。

科特克告诉我，父亲在监狱里很受尊敬，其他囚犯非常佩服他，这把年纪还能自己干掉那个"浑蛋"。这番话科特克对我说过不止一次，我总觉得他像是在说其他囚犯瞧不起我，因为我让父亲替我杀人，而且我也不认同他的看法，不知道孩子们听到其他犯人把爷爷当作英雄会怎么想。我们对孩子们不是这么说的。枪击事件发生后，我们跟孩子们谈过，告诉他们说，爷爷看到家人受到伤害很难过，于是杀死了伤害我们的人，我们理解爷爷为什么杀人，但杀人是不对的。你很难跟孩子们解释清楚这么复杂的一件事。我们还告诉孩子们，爷爷做错事应该受到惩罚，所以被关进了监狱，等到惩罚结束，爷爷会从监狱出来，我们一家人又会在一起了。孩子们的问题都很实际，如爷爷可以在监狱看杂志吗？我们向孩子们保证，爷爷会有杂志看。现在，孩子们适应了爷爷在监狱的现实，不过每次探监前他们都会抱怨，因为监狱太无聊了。

对我来说，带孩子们来监狱也是一件难事，因为科特克的话题永远围绕犯罪。虽然他自己有三个孩子，可他意识不到在孩子们面前不该说什么。我今天尽力避开他喜欢的犯罪话题，聊一些不会给孩子带来不良影响的内容，虽然我一点兴趣也没有。科特克收集硬币，聊起硬币来滔滔不绝。

一小时的探监时间终于快结束了。剩下十分钟时，我让孩子们收拾好画笔。法伊画了一个农场，奶牛在吃草，太阳躲在栅栏后面。法伊站起来，绕过桌子，把画递给爷爷。父亲说了声谢谢。

保罗给了爷爷一辆赛车，父亲的脸上露出笑容。孩子们不自然地挥手跟爷爷说再见，目光避开爷爷。他们也跟科特克挥手道别。我和父亲拥抱了一下，然后带孩子们离开了监狱。

第三十五章

前门发出吱吱的响声，我抬头看了一眼，那个摩尔多瓦女人回来了。她看见我，挥手打了个招呼，我们的脸上同时露出友善的笑容。现在，洗衣店的那个摩尔多瓦女人住在地下室，她大概快四十岁了，身材粗壮，是一个安静友好的邻居，我们不用担心她。不过，有一次她送烤蛋糕给我们时，把我们吓坏了，担心噩梦又来了，幸好不是。她不爱讲话，只偶尔向我们表示一下邻居的善意，我们也会回赠她一些实用的小礼物，像是保温瓶和漂亮的沙拉碗盘。她没什么钱。

洗衣店经理有时晚上会过来，在地下室待上一两个小时。他和家人住在附近。我们不是爱管别人闲事的人，每个人都可以去做自己喜欢的事，只要开心就好。我们调高了音乐声，让马勒的第二和第五交响曲更加响亮。我们在前门碰见洗衣店经理时，脸上不会露出好笑的神情，虽然他的艳红色灯芯绒裤子让我们心里暗笑。他来找摩尔多瓦女人时总穿着那条灯芯绒裤子。夏洛滕堡有一家商店，专门卖廉价的彩色灯芯绒男裤。我不知道有些男人——通常是五十多岁的秃头男性——为什么一定要穿彩色的灯芯绒裤子。

黑标葡萄酒快要空了。我今天喝了不少，把这些写出来不是件容易事。我从没跟任何人说过，也许有一天我会告诉丽贝卡、布鲁诺、我母亲和孩子们。我想告诉他们真相，可我又不敢说，怕他们会用异样的目光看我——也许会厌恶我，也许会佩服我，我不知道。一切都有可能，可我宁愿维持现状。我们的生活终于恢复正常，应该说，是一种全新的正常状态，后提比略时期的正常状态。

如果不是定期去监狱探望我父亲，我们现在的生活跟以前没什么两样——不过，我晚上仍然在花园巡逻，倒不是怕迪特尔·提比略的鬼魂来找我们麻烦，而是担心他有跟他一样的变态朋友，想要为他复仇。晚上巡逻时我会带上狗，反正也要遛狗。狗在花园里到处乱嗅，有一两次我看见它对着一只刺猬发呆。我还见过一只狐狸跑过花园，但从没遇见过陌生人。可能没人来找我们复仇，但我们再也没有过去的安全感。即便这样，我也不想要一支枪。

我们养了一条体形巨大的罗得西亚脊背犬，在家温顺，但在外面具有攻击性。我带狗在花园里巡逻时，有时感觉我变成了我父亲，同样随身携带武器。本诺不是杀人武器，没有残忍的本性，我们也没训练它去伤人，可它天生的攻击性常常让我感到尴尬。本诺会对人狂吠，即便拴着狗绳，它也会跳起扑人，遇到这种情形，我必须连声解释它不会伤人。在家里，我和本诺喜欢偎依着躺在地板上，不过它的存在让我偏离了一直坚持的开明中产阶级价值观。任何一个身边带着一条大型犬的人似乎都有反社会的嫌疑。但我们需要本诺，没有本诺，丽贝卡永远不会恢复正常。迪特尔·提比略的事情过去后，我们的生活重回正轨，丽贝卡却陷入了忧郁情绪。在我们经历的这场危机中，丽贝卡一直保持理智冷静，非常勇敢地面对一切，现在却常常莫名其妙地哭泣。本诺来到我们家后，丽贝卡的情况才逐渐改善。本诺带给丽贝卡安全感。

我和丽贝卡关系的改善要归功于迪特尔·提比略。这句话我很难启齿，可有时候，即便不愿承认，有些话我们还是要说出来，因为是真话。在迪特尔·提比略设法破坏我们的家庭之前，我和丽贝卡之间已经有了裂痕。说出这句话同样让我感到痛苦。为什么痛苦有时会带给我们幸福？我不知道，但我能够感受到。仔细回顾我和丽贝卡的婚姻关系，当迪特尔·提比略出现在我们的生活中时，我和妻子正面临严重的婚姻危机，是提比略让我诚实地面对我自己、我的妻子和我们的婚姻。从那时起，我们的婚姻状况开始改善。

谢谢你，迪特尔·提比略。

　　说出这句话，真的非常痛苦。但是，守卫我潜意识深井的蟾蜍有时会放松警惕，让这些念头浮出水面。我在心里对提比略说了声谢谢，然后将它投入井底，但我知道，它以后还会冒出来。如果我们能够控制住自己的念头该有多好。不过，现在我至少可以说，我和妻子在一起非常幸福——我不再封闭自己，不再活在自己的世界中，我真心觉得丽贝卡让我的生命变得完整。我认为，这也许就是最好的婚姻基础。我不是说我们不能没有彼此，我们仍然是独立的个体，但如果没有彼此，我们就不再是完整的个体。

　　我不知道，丽贝卡的感受是不是跟我一样。我注意到，她特别容易特别容易对本诺让步。我们这条罗得西亚脊背犬有着很强的妒忌心，每次我抱住丽贝卡，它立刻挤过来让我们分开。我会赶它走，可丽贝卡会让它待在我们中间。我知道这是件小事，可丽贝卡以前不会这样，像是她现在喜欢有自己的空间。也许是那件事给她留下阴影，也许是我的原因。难道她也和我弟弟，还有监狱的那些犯人一样，觉得我是个胆小鬼？

　　不管怎么说，我认为这场危机给我的家庭带来了正面的影响。我们经受住了考验。面临威胁时，我们携手共同面对，相信我们能保护自己，并且最终取得了胜利——虽然"胜利"一词用在这里不够恰当。我们一起努力，保护家人度过危机，还有比胜利更恰当的词？我觉得没有。

　　我曾经失去的父亲又回来了。这是我的心里话，而且我不想多做解释。

我们承担起照顾母亲的责任。我在离家不远的地方租了一个非常棒的小公寓，窗外就是花园。母亲喜欢在花园里忙碌，剪剪玫瑰花，给西红柿浇浇水，房东很乐意让我母亲照顾他的花园。母亲几乎每天都来看我们，陪孩子们玩游戏，或者读书给他们听。虽然母亲非常想念父亲，但她现在的生活还算不错，况且我又开始跟她分享我幸福的生活和成功的事业。我跟弟弟和好了，我们还是好朋友。我当众讲话时偶尔声音发颤，但我能应付得来。

我经常问自己，杀死迪特尔·提比略到底对不对。这是我很难正视的问题，它让我感到痛苦。提比略没对我们造成过实质的伤害，也许我们可以忍受他的存在，直到他玩够了激怒我妻子的游戏。但真的会有那么一天吗？我们的生活会变成什么样？我们会一直生活在恐惧中，因为我们不知道迪特尔·提比略会对我妻子使出什么手段。我反复思索这些问题，没办法给出答案，也不知道我到底是错是对。迪特尔·提比略的死让我良心不安，虽然我无法想象跟他继续生活在同一片屋檐下。令我感到更加困扰的是，提比略只用语言攻击我们，而不是行动，他伤害的是我们的思想，而不是身体，他用高级文化工具——诗歌——虽然也就是打油诗的水平，伤害我们一家。最后，变成野蛮人的反而是我们。我脑子一片混乱。不，我不应该继续胡思乱想，而是写下我想要说的话。我又打开一瓶黑标葡萄酒，喝了一大口。蓝色的牙齿——

我的牙齿变成蓝色了，我不用照镜子也知道。我的目光停留在外面的煤气灯上，希望从它的光亮中获得安慰或力量，好面对接下来的问题。看着那盏路灯，我想起亚历山大·布洛克的一首诗。

> 夜晚，路面，街灯，药铺，
> 昏暗的灯光，照不清前路。
> 日复一日，二十年弹指过，
> 没有改变，没有出路。
>
> 死亡，重生。
> 没有改变，永远不变。
> 夜晚，运河荡起冰冷的涟漪，
> 药铺，路面，昏暗的街灯。

难道不是这样吗？小时候我害怕父亲冲到楼上朝我开枪，后来我害怕迪特尔·提比略冲上楼伤害我们。我的人生从恐惧武器开始，我拼尽一生想摆脱恐惧，结果却失败了，一个男人被杀了。

别再乱想了！是时候说出真相了。

第三十六章

真相。父亲到我家的第三天早晨，他坐在厨房桌子旁，一支手枪摆在他面前——瓦尔特PPK手枪。我在他旁边坐下，我们表现得像是手枪根本不存在。我们沉默地喝着咖啡。过了一会儿，父亲把瓦尔特PPK手枪推到我的咖啡杯旁。我看着父亲，他点了点头。我想了一会儿，然后拿起枪朝地下室走去，一直走到迪特尔·提比略的房门外。

我右手握着枪，自然放松，毫不紧张，像是在做一件再熟悉不过的事。木头枪柄紧贴着我的掌心，我当时什么也没想。我手上有一把手枪，我要去杀了迪特尔·提比略。我可以肯定的是，我没有一丝犹豫，这是我必须要做的事。

我按下门铃，迪特尔·提比略很快打开了房门。他一般不会开门，我们找他时总伴随着咚咚的脚步声和气愤的喊叫声。这一次，我没发出任何声音，他不知道门外是谁。我听到他的脚步声。门上的防盗链被拉开，随后，门开了。我抬起手臂，对准迪特尔·提比略头部开枪。他离我一点五米，如果我在这么近的距离失手，那我就不是我父亲的儿子，枪声过后我转身上楼回家。

父亲站在门口，他接过我手里的枪，拿到厨房，开始用抛光布仔细擦拭，这也是后来警方只找到我父亲指纹的原因。父亲擦完枪后对我说："你现在该报警了。"我照父亲的吩咐打了报警电话。"去洗手。"父亲说，我去洗了手。

警察八分钟后到了。

"我开枪杀死了地下室的租户。"父亲对雷丁格警长说。这不是真相。

是我，伦道夫·狄梵萨勒，开枪杀死了地下室租户。这才是真相。

第三十七章

　　如果我没记错的话，在接下来的日子里，我几乎没想过自己已经变成杀人凶手的事实。因为我父亲承认杀死了迪特尔·提比略，当时有各种状况需要我处理，于是我接受了自己的角色——杀人凶手的儿子。我们要跟律师会面，要探望父亲，要照顾母亲。我们还要照顾孩子们，不能因为爷爷杀人让孩子们失去幸福的童年——准确地说，是爷爷涉嫌杀人。我有时会陷入恍惚，以为自己扮演的角色是真的，杀死迪特尔·提比略的人真的是我父亲。因为每个人都相信这是真相，所以我也把它当作真相。

　　直到一天晚上，我和妻子在赫丁餐厅吃饭时，我才真正意识到我是个杀人犯。那时，事情已经过去了三个星期。自从上次我在餐厅流鼻血后，我再也没一个人去星级餐厅吃饭。我和丽贝卡也没想过一起去，可能因为那里会勾起我们不愉快的回忆。事情过去三周后，我向丽贝卡提议说："我们去赫丁吧，今晚放松一下。"各种事情已经处理得差不多了；父亲对羁押生活适应得不错；母亲有时会伤心难过，但没到痛不欲生的地步；孩子们刚开始不太明白发生了什么事，现在又每天开心地游戏玩耍。

我在餐厅订好位子，请母亲过来帮我们照看孩子。我和丽贝卡两个人坐在一家充满大都会元素的高级餐厅，蓝色的餐椅、精美的木雕、莱姆绿色的中国花瓶、垃圾箱外侧装饰着哈拉尔德·赫尔曼的画。现在这个时代，至少在我的生活圈子里，每样事物似乎都带有一丝嘲讽意味。连垃圾都要美化一番，变成符合美学角度的垃圾。不过，假如赫尔曼画中的垃圾袋会散发出气味的话，那他的画绝不可能出现在赫丁餐厅。

我和丽贝卡没点香槟。我们心照不宣，今晚没什么值得庆祝的事。摆脱掉迪特尔·提比略的确让我们松了一口气，但死亡不是一件令人愉快的事。我点了一瓶便宜的红葡萄酒，我们边喝边聊，谈论孩子们，谈论丽贝卡想重新工作的事。第三道菜是龙虾配格陵兰岛芹菜泥，吃完后我突然感到一阵不适，全身开始冒汗。

"你怎么了？"丽贝卡看见我的浅蓝色衬衫慢慢被汗水浸透。

"我不知道。"我说，其实心里已经有了答案。赫丁餐厅里的其他客人也在享用这里的美食，他们可能会喜欢看谋杀片，爱聊某些国家的暴政，称某些政府是杀人机器，但他们绝不愿和一个杀人凶手共进晚餐——即便勉强同意，这个杀人犯至少也要服满刑期，改过自新了。他们的这种想法完全可以理解，可惜对我

不适用。我觉得他们已经看出我是一个杀人凶手，我的出现破坏
了他们美好的晚餐和愉快的气氛。现在的我知道这些都是我臆想
出来的，可当时的我不知道。我突然感觉所有人都在盯着我，我
从来都不喜欢面对人群讲话，成为众人目光的焦点。我喜欢没有
人注意我。

晚餐的甜点是法属圭亚那巧克力酥皮，我和妻子在侍者上甜
点前离开了餐厅。

第二天，我在一家咖啡店喝浓意式咖啡时，那种感觉再次袭
来。这种咖啡店在柏林遍地都是——类似星巴克咖啡——大家进
来买杯咖啡提提神，准备迎接又一小时的繁忙工作。柏林是个极
度紧张和敏感的城市，每个人都在超负荷运转，应对各种谈判、
噪声和冲突，随时会被一根稻草压垮，精神崩溃。我的凶手身份
让我成为一根活稻草，我的存在对所有人都是难以承受的负担。

工作也无法给我带来片刻平静。我是建筑师，人们在我盖的
房子里过着平静的生活——在杀人犯盖的房子里能过上平静的生
活吗？

第三十八章

我无法再忍受柏林，因为柏林再也无法忍受我，至少我是这么想的。我对丽贝卡说，我需要离开一段时间，休息和放松一周，远离这一切。丽贝卡非常理解我——我成了杀人犯的儿子，各方面都需要重新调整。我飞到意大利的博尔扎诺，一个位于阿尔卑斯山脚下的小镇，再乘坐出租车来到一家偏远的酒店。我不是徒步旅行者，也不喜欢爬山，只是曾经在博尔扎诺参加过一次会议，喜欢上那里质朴无华的白云岩。即便一个杀人犯也无法惊扰山间的平静，连绵的白云岩已经在这里矗立了数百万年。

我中午到达酒店，午后开始步行，没有计划，没有目的地。我沿着酒店旁的路往山上爬。没走几步，我一直挥之不去的问题又找上了我。一个痛恨枪支的人为什么会开枪杀人？一个坚信法律的人为什么选择靠自己去伸张正义？

我的第一个想法是，我们一直生活在虚幻的泡沫中。我们惊慌失措，惊慌让我们远离了真相、理性和更好的自我。我们逃进泡沫中，从此度过我们惶恐不安的一生。有了孩子后，你自然会有一种观念，你对自己说，你会不顾一切来保护家人，却从没想过不顾一切意味着什么。

在这个泡沫里，我开始计划杀人，我边想边慢慢爬到了半山腰。我计划杀人，但由其他人，我的父亲，来实施，也许这样会容易些——可以减轻罪行。当然，这又引发了另一个道德问题。我利用父亲的技能达到自己的目的，作为他的儿子，我认为自己做得对。我最终成为开枪的人，是情势所迫，完全是出于感情用事。父亲将手枪推给我时，我感到无比震惊，但我什么也没想就采取了行动。

现在，我在生父亲的气，怪父亲不该把我扯进这件事，不过只气了一小会儿；又往前走了几步后，我意识到是我把父亲扯进来的，他只是按照我的计划去做——父亲不想开枪杀人，所以选择把枪推给我。他有权利这么做。父亲的牺牲难道不是变得更伟大吗？他为自己没有犯下的罪行被关进监狱。他是为了我。

我走了大约一小时，边走边思索这些问题。眼前的桑特纳和尤灵格山峰高耸入云，陡峭险峻。四周没有树木，只有碎石和杂草。我走得全身冒汗，天色越来越暗，我继续往前走。我感觉自己的身体状态不错，虽然各种恼人的念头不断冒出来干扰我。高山能够包容所有的念头，好的，坏的，高山也能包容我。我在这里感到平静，虽然我犯有故意杀人罪，不对，应该是过失杀人罪，算了，其实也没什么差别，对我来说，刑期长短一点也不重要。

　　我继续往山上爬。我是一个守法的人，却做了违法的事。法律就是法律，对任何人都不例外。这一点我非常清楚，可我却一直在为自己找开脱的理由。没有理由，没有借口。法律必须铁面无私，不容置疑。任何例外都会破坏法律。法律不会永远惩罚罪犯；法律会做出惩罚，等到惩罚结束，罪犯的罪行就抵消了。可我的罪行无法抵消，因为我没有接受惩罚，没有承担后果；所以我永远得不到救赎，只能带着愧疚活下去。

　　想到这里时，我突然发现天几乎全黑了。我吃了一惊，四周的山峰让我开始感到害怕，但转念一想，事情没那么糟糕，我之前一直沿着一条路往山上走，没有左转或右转，所以沿着原路回到酒店并不难。我转身往山下走。黑暗之中，我被绊倒了好几次。我已经很累了，又没穿登山靴，跑鞋的鞋底不够防滑。我身上有几处擦伤，脸也蹭破了。我觉得自己像个白痴，没做任何准备，也没带任何装备，就这样傻乎乎地往山上爬。我的生命没有危险，只是感到很丢脸。我筋疲力尽地回到酒店，一头栽倒在床上，没脱衣服就睡了。

　　第二天早上照镜子时，我看到自己右脸颊有几道刮伤，伤口周围的皮肤泛红。一张杀人犯的脸，我心想——可为什么杀人犯应该长这样呢？我搭公共汽车去附近的小镇，买了登山靴、地图、刀具、背包、午餐盒和手电，还买了一件抓绒夹克衫，山上比我想象得要冷。中午我又开始往山上爬。前方是荒凉的景色，头顶是孤寂的天空，一片片破碎的灰云被风吹得快速掠过。跟昨天一样，我边走边思索。晚上我独自坐在酒店大堂，我是这里唯一的客人。一位老奶奶给我端来家常菜和瓶装啤酒。酒店的家具全部用接近黑色的木头制成。一面墙上挂着一个十字架，另一面墙挂着一块从树干上切下的圆木板，用漂亮的字体写着"所有礼物都是上帝的恩赐"。大厅角落有一个绿色瓷砖装饰的炉子，炉火烧得正旺。我坐在靠近炉子的位置，不一会儿热得全身冒汗，于是换了个远点的位子，又感觉有点冷。我换了几次位子后开始专心读手中的小说。老奶奶收走桌上的餐盘时什么也没说，我觉得很好。

第二天早上，我五点就醒了，于是去牛棚看老奶奶和她丈夫挤牛奶。吃过早饭后我再次出发。我想到去自首，接受我应得的惩罚。可这样做的结果呢？我的孩子们将失去父亲，我的妻子将失去丈夫，他们同时还失去了经济来源。他们不得不卖掉现在的房子，拿到的钱大概连偿还贷款都不够。我去自首也不能保证父亲没事。杀人工具是父亲提供的，他算是共犯；父亲仍然要接受法律的惩罚。自首后我将为犯下的罪行承担后果，获得赎罪的机会。可这样做是自私的。也许我的良心从此获得安慰，却伤害了我的家人——父亲之所以替我顶罪，是因为他早已预见到后果。我的登山靴踩得地上的碎石嘎吱作响。四周非常安静，我可以听到自己的呼吸声。天开始下小雨了，我继续往山上走。

我每天都出去登山，欣赏山区秋天的景色。登山时我不带手机，下午回到酒店才查看语音信箱。除了几通业务电话，我每天都会收到妻子和孩子们的留言。从第二天或第三天开始，我不再回业务电话，也不再打电话回家。我每天早晨去牛棚看挤奶，我主动提出帮忙，但老奶奶拒绝了。不管天气如何，每天天一亮我就出发。我步履轻快地往山上走，从没遇见过其他人，饿了我就找块木桩坐下来吃饭。吃完烟熏香肠和蛋卷后，我喝了一些牛奶，然后继续往山上走。

我常常想到迪特尔·提比略。我曾经希望杀死他后能让他彻底消失，可现在他的鬼魂一直跟在我身后。我比较了我和他的人生，我们两人的父亲，正是我们的父亲让我们的人生完全不同。他的父亲走了，我的父亲虽然只是一种奇怪的存在，但他没走。陪伴家人的意义重大，离开家人同样意义重大。我曾经发誓，永远不会抛弃我的家人，但这种自认的美德似乎进一步印证了我的自满、我廉价的骄傲。

我不知道，我最终变成一个杀人犯是不是来自家庭的影响，因为枪支伴随了我的整个成长过程。

"你看，是你的基因决定的。"丽贝卡会说。

"不对。"我会回答，"不是我的基因决定的。我父亲没向任何人开过枪，他没有杀人的基因。他不是凶手，永远不会杀人。

他不会伤害别人，我才是凶手，我可以选择，我做出了选择。"

我不再接丽贝卡的电话。每天下午我会躺在床上思考，手机响了我会拿起来看一眼是谁，但不会接。我把手机调成静音，转身睡觉。我醒来后看见床头柜上的手机在振动。我坐起身，看到是丽贝卡打来的，又倒头继续睡。手机一直在振动，像一头受伤的动物在不断呻吟。我想伸手去拿手机，却感觉全身动弹不得。如果拿起手机，我就必须接听，必须告诉丽贝卡一些事，可我现在还不想说出真相。手机掉到地上。我听到手机又振动了两次，最后安静下来。我在床上一直躺到晚饭时间。当天晚上我问老奶奶："我订了一星期房间，可以再多待几天吗？"她说没问题。

天气变得越来越糟，狂风过后，山里下了第一场雪。我仍然每天出去登山，不过时间缩短到一小时。其他时间我不是躺在床上，就是在院子和牛棚里转一转。第十天我下山回到酒店时，看见丽贝卡坐在酒店大堂。

"伦道夫伦道夫伦道夫，"丽贝卡说，"我知道你现在的状态很差，可我们需要你。"

第二天我和丽贝卡一起飞回柏林。我有些害怕，不知道自己能不能适应这个过度紧张的城市。最初几天我有些不知所措，之后柏林再次成为我熟悉的那个城市。一切恢复正常，后提比略时期的正常。

我仍然没有告诉其他人真相。我已经准备好了，只是还没决定用哪一种方式，是直接给丽贝卡笔记本还是我们出去遛狗时当面说。其实，用哪一种方式并不重要。重要的是，丽贝卡很快就要知道，她的丈夫到底是什么人。我要告诉妻子的不止这些，除了她会感到非常震惊的谋杀案真相，我还会告诉她一件让她开心的事。我会告诉她，我准备为我们全家盖一栋房子。丽贝卡一直希望拥有属于自己的房子，我一定会帮她实现心愿。

F E A R